북호텔

L'Hôtel du Nord

세계문학전집 202

북호텔

L'Hôtel du Nord

외젠 다비

원윤수 옮김

민음사

일러두기

작품 속에 등장하는 몇몇 프랑스어 표기는 국립국어원에서 명시한 외래어 표기법을
따르지 않고 옮긴이의 요청으로 원어에 가까운 발음으로 표기했다.

차례

북호텔   7

1

에밀 르쿠브뢰르는 시계를 꺼내 보았다. 시계는 2시 20분을 가리키고 있었다. 토지 가옥 중개업자인 메르시에 씨와 제마프 둑길의 감시 초소 부근에서 2시 정각에 만나자고 약속을 했던 것이다. 그는 마음속으로 메르시에 씨가 늦는 이유를 찾으려고 노력하면서, 기다리는 것에 역증이 나 버린 자기 아내와 아들에게 말했다.

"그는 틀림없는 사람이야. 믿을 수 있어."

그러고는 한길 저쪽에 우뚝 서 있는 북(北)호텔을 부러운 눈길로 바라보았다.

"들어가는 것이 어때요? 구테 집 사람들에게 우리가 호텔을 사러 온 사람이라고 말하면 되지 않아요? 그러는 동안 메르시에 씨가 오시겠죠."

루이즈 르쿠브뢰르가 제안을 했다. 그때 "아, 마침 저기 오는구먼!" 하고 르쿠브뢰르는 말했다.

그러고는 소매를 잡아당기고 챙 달린 모자를 어색하게 손으로 매만지면서 옷매무새를 가다듬었다. 그는 지금 자기가 일생일대의 결정적인 순간에 처했다는 것을 의식하고 있었다. 그는 자기를 향해 걸어오고 있는 인물이 지닌 그 중요성 때문에 정신이 얼떨떨해진 것이다.

메르시에 씨는 가볍게 늦은 이유에 대해 변명하였다. 굉장한 가격으로 진행된 경매가 저당권 상환으로 복잡해져 늦었다고 하자, 르쿠브뢰르는 정중하게 머리를 끄덕거리는 것이었다. 그러면서 아마도 그는 병에 대하여 말하는 것이리라고 생각했다.*

메르시에 씨와 르쿠브뢰르가 나란히 길을 건너가는 뒤를 따라서 루이즈와 아들 모리스는 같이 길을 건넜다. 메르시에 씨는 호텔 문을 열고 예를 갖추고선, 자기 남편 뒤에 얼굴을 붉히고 서 있는 루이즈 르쿠브뢰르를 인도하였다.

필립 구테는 스탠드에서 술잔을 씻고 있었다. 서로 간에 인사와 소개가 시작되었다. 구테 부인이 부엌 문 앞에 나타났다. 그녀는 자기의 볼썽사나운 옷주제에 대하여 변명했다.

"이제 막 설거지를 했어요. 금방 갈아입고 올게요."

호텔 안을 두루 살펴보는 일이 시작되었다. 2층으로 올라가려면 좁고 곧은 계단을 통해야만 했다. 한가운데 빛이 새어 드는 들창에서 계단은 굽어 있었다. 층계참부터 복도가 펼쳐졌고 그 복도에 줄지어 붙은 방들이 보였다. 광선이 조그만 안뜰에서 흘러 들어오고 있었으나 사람들이 구름다리로 뜰을 넘어서자 복도는 컴컴했다.

---

* 상환(purge)이라는 말에는 설사라는 뜻도 있어서 르쿠브뢰르가 잘못 이해한 것이다.

르쿠브뢰르는 걱정이 돼서 말했다.

"아, 여보시오…… 터널 속에 들어온 것 같은데요."

캄캄해서 방문에 있는 방들의 번호도 읽을 수가 없었다. 구테 씨는 지금은 2월이니까 해가 빨리 져서 그렇지만 여름이 되면 복도는 아주 밝은 데다가 눈이 부시기까지 하다고 말했다.

"거기다가 전등이 여기저기 있고……." 구테 씨는 잠시 말을 끊었다가 "화장실에도 전등이 있으니까요."라고 했다.

그들은 일렬로 걸었다. 문은 어둠 속에 2미터씩 간격을 두고 더욱 짙은 검은 반점을 이루면서 서 있었다. 르쿠브뢰르는 왼쪽에 있는 열세 개의 문을 세어 보았다. 2층을 두루 살핀 다음에 그들은 되돌아와서 3층으로 올라갔다. 그러자 루이즈 르쿠브뢰르는 방을 보여 달라고 말했다.

구테 부인은 약간 새침하게 대답했다.

"물론 보여 드리죠. 방은 아주 밝아요……. 여보, 필립, 당신이 열쇠를 갖고 있죠?"

구테 씨는 닥치는 대로 방문을 하나 연 모양이었다. 방이 하도 협소해서 겨우 한 사람밖에 들어가지 못할 정도였다. 그래서 그들은 여섯 명이 차례차례 들어가기로 했다. 루이즈 르쿠브뢰르는 그 방을 두루 살피는 데 꽤 시간이 걸렸다. 회색빛 광선이 찢어진 커튼에 스며 있었고 퇴색해서 바래 버린 꽃무늬 벽지는 벽을 서글프게 장식하고 있었다. 칠하지 않은 나무로 만든 침대는 장롱과 세면대 사이에 비좁게 끼어 있었다. 쓰레기통 옆에는 헌 신 한 켤레가 버려져 있었다. 협소하고 궁상맞고 냄새나는 그곳은 불쾌감을 일으켰다. 루이즈 르쿠브뢰르는 얼른 그곳에서 뛰쳐나왔다. 다른 사람들은 벌써 딴 데로 가 버린 뒤였다. 복도에서 그들의 말소리가 들려왔다. 아마도 그들은 다른 방들을 보는 모양이었다. 루이즈는 지금 본 그 방만으로 충분했다.

에밀 르쿠브뢰르는 이 정도의 궁핍쯤은 아무렇지도 않다고 생각했다. 전쟁 통에는 그보다 더 심한 궁핍을 겪어 보지 않았던가? 창고에서 밤을 지내는 것은 고사하고 그가 웃으면서 말하듯 '별 밑의 여관'이라는 들판에서 노숙한 경험도 있기 때문이다. 또한 방세를 생각해 보아야 할 게 아닌가. 글쎄 그 가격으로 더 이상 어떤 것을 제공할 수 있단 말인가? 게다가 곳곳의 더러움도 숙박하는 사람들이 청결이라는 데에 별 신경을 쓰지 않는다는 걸 증명하는 게 아닌가. 이러한 불편이 결코 숙박인들을 불쾌하게 하지는 않을 것이다. 그리고 숙박인에게 방이란 무엇인가? 잠을 자기 위한 곳 아닌가. 그 이상은 아니다.

구테 씨가 말을 걸어왔다.

"뭐, 그리 어렵게 생각 마세요. 곧 습관이 되어서 살 수 있게 될 겝니다. 이 고장은 공장 지대여서 착실하고 돈 잘 치르는 노동자들만이 고객이랍니다. 하지만 방세를 외상으로 밀리게 해서는 안 되죠. 그러면 이 장사는 망합니다…… 집의 겉모습으로 말할 것 같으면 정말 신통치가 않지요……. 깨끗한 칠을 멋지게 해야겠다는 생각도 하지만, 요새 같아서는 잠깐 묵는 손님들뿐이라 초벽 칠 값을 치를 수입밖에 안 되지요……." 그러고는 잠시 뜸을 들인 뒤 다시 말하는 것이었다.

"그렇다고 길거리의 계집들이 놈팡이를 끌고 오는 갈보 집은 아니니까요……."

르쿠브뢰르 가족 일동은 다 같이 말했다.

"물론 그래야죠. 결코 우리들은 그런 갈보 집을 원하지는 않아요……."

구테 씨도 찬성했다.

"댁들도 그렇지만, 정말 우리도 그런 것들을 원하지 않습니다. 물론 여자들이 돈을 치르기는 하지만. 이러쿵저러쿵 경찰이 숙박계를 뒤지면 골치가 되게 아프거든요. 그렇지만 여기선 그런 걱정을 할 필요는 없어요. 손님이라고는 노동자들, 젊은 처녀들, 그리고 4층에 살림살이하는 부부들, 물론 아이들은 없죠……. 아주 알뜰한 가족이죠……. 아, 잊어버렸군요. 또 있어요. 노인들이 몇 있는데 일생을 이 호텔에서 지내려는 사람들이죠."

그러고는 목소리를 낮추며 말했다.

"제기랄, 그 늙은이들 어떻게나 궁한지 방세를 올려 받을 수도 없어요."

그들은 4층에 올라갔다. 하늘에 가득한 햇볕이 유리창으로 흘러들고 있었다. 층계참에 급수장과 화장실이 있었다. 복도는 아주 밝았다. 그들의 발소리에 문이 반쯤 열렸다. "부부 내외가 살림하는 데지요!"

구테 부인이 설명했다.

르쿠브뢰르는 구테 씨를 따라서 광으로 쓰이는 지붕 밑으로 들어갔다. 두 사람은 광 속을 자세히 살펴보고서는 옥상으로 올라갔다. 날씬한 다리로 연결된 제마프 둑길과 발미 둑의 길이 보였다. 모래를 실은 트럭들이 강기슭을 따라 달리고 있었다. 가느다란 운하의 흐름을 따라서 조그마한 배들은 마치 가축들처럼, 바람을 담뿍 머금고 서서히 미끄러지고 있었다.

보통 때 같으면 예사롭게 보고 넘겼을 르쿠브뢰르는 소리를 질렀다.

"아! 멋진 광경인데! 자리를 참 잘 잡으셨어요……!" 그러고는 이어 말했다. "나는 파리에서 오래 산 사람인데도, 이곳은 전혀 몰랐어요. 뭐 바닷가에 온 것 같네요."

그는 굴뚝 가에 서서 생각에 잠겼다. 이마에는 주름살이 잡혔고 그 주름살은 무언가를 탐색하는 그의 조그마한 눈초리와 얼굴에다 무게를 드리워 주었다. 저녁 하늘로 연기가 뭉게뭉게 피어올랐다. 탕플 교외 쪽 하늘은 두꺼운 구름으로 뒤덮이고 있었다. 파리의 소음은 사방에서 들려와 마치 막연한 격려를 하는 것 같았다. 느닷없이 그는 결심했다. 어떤 값을 치르더라도 이 호텔을 사야겠다는.

"내려가셔서 거주하실 데를 보시겠습니까?"

구테 씨가 말했다.

그러나 피로가 그의 온몸을 휘감는 것이었다. 층계 밑으로 내려오자 알 수 없는 감동이 그의 목구멍을 쥐어짜는 듯한 느낌이 들었다. 무엇인지 불안 같은 것이 그의 가슴을 찌르고, 옛 생활과는 머지않아 이별하고 그것을 떨쳐 버려야 한다는 생각이 그를 가슴 아프게 하였다. 아직도 알 수 없는 이 고장에 서서 불안과 확신은 마구 뒤섞였고, 위험과 모험에 대한 의욕은 하도 격렬해서 그의 가슴을 짓눌렀다. 정말 그는 더 이상 호텔을 살펴볼 기력이 없었다. 게다가 해가 져서 숙박 손님들이 돌아오고 있었다. 계약이 최종적으로 성립되기 전에는 그 숙박인들의 호기심을 일깨워 주지 않는 것이 좋을 것 같았다.

그는 가옥 중개업자에게 다음 날, 가부간에 회답을 하여 주겠다고 약속했다. 그리고 구테 씨가 시원한 것을 한잔 들자고 그에게 전하자 유쾌하게 카운터 앞에 몸을 기대러 가는 것이었다.

2

집으로 되돌아오면서 르쿠브뢰르 가족은 그날 일에 대하여 이러쿵저러쿵 말했다.

루이즈가 말문을 열었다.

"그 사람들은 진짜 오베르뉴 사람들이에요. 그 구테 부부는. 그들은 숙박하는 손님들이 방을 더럽혀도 아무렇지 않나 봐요. 특히 그 부인은 말이에요, 틀림없이 손님들과 함께 카드놀이나 하고 시간을 보내는 사람일 거예요. 그 여자의 집안 살림이라니. 당신, 보셨어요? 부엌 한가운데 쓰레기통이 있고 카운터 위에 놓인 그 유리그릇 닦개의 더러움이란……. 그걸 보고, 뭘 마시라고 해도 마시고 싶은 생각이 안 들었어요, 난! 방들도 아주 제멋대로 내버려 뒀어요. 걸레질을 좀 하고 약간 가꾸면 예뻐질 수 있을 건데. 그런데 내 생각엔 필시 구테 부인은 술꾼이에요. 과음한 뒤라 입 안이 마르고 목이 칼칼해 보이는 게 어째 맘에 들지 않던데!"

르쿠브뢰르는 조용히 걷고 있었다. 아내가 종알대는 소리가 자신이 관찰한 인상과도 흡사해서다. 그 일치가 오히려 그들의 미래 사업이 성공할 수 있는 보증처럼 생각되었다. 얼마 전, 돈깨나 번 상인인 처남이 장황한 이야기 끝에 돈을 빌려 줄 테니 호텔이나 하나 사서 경영해 보는 게 어떻겠냐고 권했다. 하지만 루이즈는 불확실한 앞날의 모험에 얼른 달려들지 못하고 불안을 감추지 못했다. 그녀의 조심성과 노동자 같은 소박한 성격은 그러한 모험적인 일을 좋아하지 않았다. 그녀에게 있어서 행복이란 실직하지 않고 병 없이 한 가족이 함께 지내는 그런 것이었다. 호텔을 산다고 하자. 하지만 사고 난 다음에는? 남편도, 자기도 호텔 경영을 해 본 경험이 없다. 그것은 인생이 제공할 수 있는 것보다 더한 무언가를 요구하거나 운명에게 억지를 부리는 것이 아닐까? 여태껏 남에게 부림을 받았으나 남을 부려 본 적은 없다고 그녀는 생각했다.

르쿠브뢰르는 조금도 주저하지 않았다. 게다가 일이 구체화되자 루이즈도 어느덧 안심을 하게 되었다. 그녀도 이제는 희망과 신뢰를 갖게 된 것이다. 방에서 씻고 닦고 '조그만 창에 무명 천을 고쳐 걸고' 하는 자기 모습이 눈에 아른거리는 것이 아닌가? 손대지 않은 새로운 세계가 그녀에게 마련되는 것이다. 드디어 하나의 기회, 나날을 아름답게 하고, 삶을 정착시킬 기회……

르쿠브뢰르는 단단히 결심을 했기 때문에 흥분하지 않았다. 그러나 자기 아내의 생기 띤 모습은 참으로 그를 즐겁게 했다! 그는 아내에게 빙긋 웃어 주고, 그럴듯한 말을 하다가는 팔로 그녀를 꾹 누르곤 하면서, 아내에게 용기를 준다. 그러면서 마음속으로 8년간의 임대 기간에 생길 이익이 얼마일까를 계산하는 것이다. 그리고 때때로 자기 아들에게 몸을 기울이고 행복에 도취된 목소리로 말하는 것이다.

"모리스야, 이건 정말 유망한 사업이야……!"

그들은 바르베스 대로로 내려가서 그들의 고향인 아스팔트 위를 나란히 걸었다. 발을 맞추어서 나란히 걷는 그들의 희망에 넘치는 행렬 앞에 세상이 열리는 것 같았다. 그들의 눈은 반짝거렸다. 이런 날 저녁, 가로등, 전광판, 간판 그리고 영롱하게 반짝거리는 진열장에 불이 켜지는 시각에 살아 있다는 것은 얼마나 유쾌한 일인가! 고됐던 지난날들은 잊는 것이다……. 루이즈는 벌써 '메종 도레'의 세일 떨이 앞에서 옷감들을 고르는 자신을 상상하고 있다. 그녀는 별안간 걸음을 멈춘다. 두근거리는 가슴이 그 여자를 몹시 뒤흔들어서다. 르쿠브뢰르는 자기의 즐거움을 모두에게 푹 털어놓고 싶었으나 노래를 부른다든지, 보도 위를 달린다든지, 아내를 껴안는다든지 하는 행동을 하지는 않을 참이다.

그는 외쳤다.

"오늘은 식당에서 저녁을 먹자!"

이러한 예상하지 못했던 결정은 그들을 황홀하게 한다. 그러나 어디로 갈 것인가? 그들이 떨쳐 버리지 못하는 소심증이 모처럼의 즐거움을 어지럽혔다. 그들은 먼저 겁을 집어먹은 태도로 간판 빛에 값을 헤아려 보고서는, 들썩거리게 하는 홍분에 모처럼의 조심성을 잃고 말았다.

르쿠브뢰르는 마음을 먹고 '싸구려 식당'의 문을 밀었다. 그들은 장식등 세 개가 눈부신 빛을 내는 방 안으로 들어갔다. 조그마한 테이블에 자리를 잡는다. 반짝거리는 흰 식탁보 위에는 잔과 은을 입힌 그릇들이 반짝거린다. 그러한 호화로움에 그들은 겁을 집어먹는다. 웨이터가 메뉴판을 건네주고 주문을 기다린다.

루이즈는 큰 소리로 메뉴를 읽으면서 욕망의 눈초리를 굴린다.

"여보, 결정을 해야지." 하고 르쿠브뢰르가 말했다.

"아, 모르겠어요······. 수프를 먹을까? 앙트레를 먹을까······? 아! 자, 정해요······!"

물론 집에서는 루이즈가 부엌일을 한다. 그럴 수밖에 없는 처지였기 때문이다. 부엌일은 하루 일이 끝난 다음에 오는 마지막 귀찮은 노역이다. 그러나 이 식당은 마치 동화 속 장소와 비슷하다. 단순히 배를 불리는 것으로 끝나는 것이 아니다. 이곳은 1년 동안의 허기를 가시게 하는 곳이기도 하다.

"이봐, 웨이터, 골 요리 세 개!" 하고 르쿠브뢰르는 드디어 주문을 한다.

그는 냅킨을 폈다. 그러고는 여태껏 아내가 들어 보지 못했던 남성적인 음성으로 물었다.

"무엇을 마시겠소. 백포도주? 적포도주?"

"나는 시드르를 마시겠어요." 모리스는 말한다.

"나는 백포도주를 조금 들겠어요." 루이즈는 주문한다.

그들은 신이 나서 조용히 음식을 먹는다. 풍성한 음식은 그들의 감각을 충족시키고 그들의 정신을 사로잡고 만다······.

디저트가 나온 다음에 커피가 나왔다. 르쿠브뢰르는 모리스를 '토토'라고 부른다. 전에 모리스가 어렸을 때 그렇게 불렀던 것이다. 예전에는 언제든 심각하고 약간 슬픈 듯 보이던 아내의 얼굴이 화사해진 것을 르쿠브뢰르는 즐겁게 바라본다.

"오늘은 잊을 수 없는 날이야……. 특별사면 날처럼……." 그러고는 목소리를 낮추어서 말했다. "당신 오빠에게 가서 알려야겠어, 루이즈……."

그러나 손님들이 나가고 있으니 큰 소리로 말을 해도 괜찮았다. 르쿠브뢰르 가족 일동은 점점 그들의 결심을 단단히 하는 것이다. 웨이터가 장식등 하나를 껐다. 마치 그들에게 현실을 일깨워 주는 것처럼.

"극장에 가서 오늘 저녁을 마무리하는 것이 어때요?" 하고 모리스가 제의를 한다.

르쿠브뢰르는 머리를 흔들었다.

"아냐, 일찍 들어가는 것이 좋아. 내일 할 일이 많으니 푹 쉬어 대비를 해야 해……."

그들은 천천히 걷는다. 과식으로 몸이 둔해진 것이다. 보슬비가 내린다. 한길가는 인적 없이 적막하다. 하지만 그들에게 있어서는 승리의 밤이고, 그들의 꿈에 가담해 주는 밤이다. 그들은 쥘조프랭 광장을 가로지른다. 그러자 클리냥쿠르의 노트르담 사원이 보인다. 그 사원의 맞은편에 구청이 있는데, 그곳에서 르쿠브뢰르 부부는 결혼을 했다. 그 모든 것이 얼마나 멀고 먼 옛일인가. 그리고 그 후부터 얼마나 먼 길을 걸어왔던가!

"당신, 기억해요?"

루이즈는 남편의 팔에 몸을 기대면서 소곤거린다.

그녀는 이제는 안심하는 것이었다. 북호텔을 방문한 일이 신비스럽게도 그녀 안에 젖어들어 연장되고 있다. 그녀는 그러한 환경에서의 생활을 상상해 본 적이 없었다. 아마도 이상한 일에 부닥치고 마는 것이나 아닐까? 아냐! 어떠한 생활이라도 살아볼 만한 값어치는 있는 것이야. 그리고 미지의 세계란 노상 재미없고 해로운 것도 아니니까. 우리들은 여태껏 지나칠 만큼 경멸을 당해 왔다. 왜냐하면 지붕 밑 셋방에서 생활을 해 왔기 때문이다. 사람들은 우리를 친척 친지라곤 아무도 없는 가난한 사람으로 알고 있었어. '모든 것이 다 변할 거야, 이제부터는.' 하고 그녀는 생각한다.

3

르쿠브뢰르는 눈을 떴다. 아주 멋진 꿈을 꿨다. 그들이 제마프 둑에 이사를 하자마자 그의 호텔은 찾아드는 손님들로 비좁을 지경이 되었다. 그래서 호텔을 증축했다. 호기심 많고 구경좋아하는 사람들의 무리가 서둘러서 찾아들었다. 지붕 꼭대기에서 바다를 내려다볼 수 있기 때문이었다……

르쿠브뢰르는 이 길조에 미소를 띠고 자리에서 일어났다. 아내에게 꿈 이야기를 하고 싶었으나 그녀는 자고 있었다. 그는 세수를 하고 옷장에서 새 옷을 꺼냈다. 기분은 상쾌하고 자신감이 가득 차올랐다. 밤이 그렇게 조언을 하였던 것이다. 그 집을 사도 좋다고!

9시에 그는 부동산 중개인 집에 도착했다.

메르시에 씨가 정직한 사람이어서 다행이었다. 읽으라고 내보여 준 서류들을 거의 이해할 수 없었기 때문이었다. 매도 계약서에 이르러서는 더욱 막연하고 복잡해서 열네 개 조항의 문구가 정말 알아볼 수 없는 글씨처럼 보였던 것이다. 그는 감히 움직이지도 못하고 더 알고 싶은 것에 대해서도 묻지 못했다. 사무를 보는 책상, 그 둘레의 벽이 온통 장부로 가득 채워져 있어 그를 위압하는 그 책상 위로는 감히 눈길을 주지 못했던 것이다.

그는 머리를 쥐어짜는 듯한 불안을 털어 버리기나 하듯이 이마에 손을 얹었다. 진땀이 솟고 있었다. 알 수 없는 구절 몇 개가 머릿속에서 뒤끓었다. 그러한 귀찮은 서류가 없다면 모든 일이 아주 간단하련만. 드디어 어찌할 바를 모르겠고 참담해진 그는 모든 것에 합의를 보고 계약을 하고 말았다.

메르시에 씨는 일어나서 그의 어깨를 두드렸다.

"자아, 이제 당신은 주인이 됐습니다……. 노다지지요. 그 호텔은……."

"그래요! 나도 처남의 돈을 떼먹지 않게 되도록 바라고는 있습니다만."

그 계약의 중대성은 그의 정신을 뒤집어 놓았다. 그는 안절부절못하며 자기의 챙 달린 모자를 손가락으로 돌렸다.

메르시에 씨가 빙긋 웃으며 말했다.

"8년이 지나기 전에 당신은 연금 받는 사람이 될 겁니다……."

그리고 악수를 청하면서 덧붙였다. "그럼, 오늘 저녁 구테 씨 집에서 만나기로 합시다."

르쿠브뢰르는 안도의 숨을 쉬고, 마레 거리를 향해 걸어갔다. 그 고장에서 그는 오랫동안 배달 마차를 몰았다. 그는 친구들을 만나 보고 싶었다.

그는 여러 술집에 들렀다. 그러고는 약간 과장을 해 가면서 친구들에게 앞으로의 사업에 대해 말했다. 친구들 전부가 그를 에

위싸고서 축하를 해 주었다. 이제까지 성실하게 살았던 그가 그러한 행운을 얻을 자격이 충분하다고 모두 생각했던 것이다.

그는 하루 온종일을 축배와 작별 인사로 보내 버리고 말았다. 오후 8시에 그는 아내와 아들을 구테 씨 집에서 만났다. 구테 가족이 계약 성립을 축하하는 만찬을 베풀었기 때문이다.

구테 가족은 상점 구석에다 테이블을 두 개 붙여 놓았는데 흰 식탁보 위에는 식기들과 전채 요리가 가지런히 놓여 있었고, 술은 말할 것도 없이 포트와인부터 부르고뉴의 오랜 포도주까지 등장했다. 테이블 한가운데서는 수프 냄비가 벌써 김을 내뿜고 있었다.

초대받은 손님들이 도착했다. 모든 사람들이 자리에 앉았다. 구테는 포트와인을 따랐다.

"자, 한잔 드세요. 마음에들 드실 겁니다!"

그는 혀를 울리면서 잔을 들었다.

"건배!"

그리고 제각기 머리를 숙이고 수프를 먹기 시작했다. 그러자 수저 달그락거리는 소리 외에는 아무런 소리도 들리지 않았다. 전채 요리를 먹고 나자 구테는 눈을 깜빡거리면서 꽃향기가 난다는 지방 특산 포도주를 잔에다 잔뜩 부었다. 물론 사업에 대한 이야기를 벌써부터 하고 있었다. 별안간 메르시에 씨가 단호하고 명령적인 어조로 말했다.

"그런 이야기는 제쳐 두세요. 이젠 그런 말 할 때가 아니에요."

디저트를 먹게 되자 구테는 즐거운 얼굴로 '거품이 이는' 술의 병마개를 퐁 하고 소리 나게 땄다.

"술 창고를 비울 생각이세요?"

르쿠브뢰르가 이 후한 대접에 너무 감동해서 한마디 했다.

풍성한 음식과 부르고뉴 포도주, 그리고 낮에 마신 축하 술이 그를 유쾌하게 만들었다. 그는 한 손에 잔을 들고 일어났다.

"후임자의 건강을 위해서!"

"아냐, 아냐!" 하고 메르시에 씨는 가로막았다.

"그게 아냐, 당신은 이제 주인이오."

르쿠브뢰르는 다시 말하려고 하였으나 모든 사람들이 웃고 있었으므로 그냥 주저앉고 말았다. 숙박 손님들은 떠들썩한 소리에 이끌려 조금씩 가게 안으로 모여들었다.

"야, 잔치로구나!" 하고 남쪽 지방 사투리가 들려왔다.

"예, 그래요. 플뤼슈 씨, 여러분 다 이리 오십시오. 새 주인을 소개해 드리죠." 하고 구테가 그 말을 받아 말했다.

거기에는 미마르, 루이 영감, 펠리캉, 드보르제 영감 등 북호텔의 고참들과 이웃에 사는 마차꾼 라투슈가 있었다.

구테는 한 사람 한 사람씩 소개를 하고 난 후 한 발로 빙그르르 재미있게 돈 다음 이렇게 말했다.

"모두에게 한잔씩 돌리겠어, 친구들!"

주위 사람들의 놀람은 거기서 그치지 않았다. 술에 취하여 유쾌해진 그는 아내에게 부레*를 추자고 제의했다. 의자들은 부엌에다 치워 놓고 테이블들은 모두 벽에 밀어 놓았다. 마르트 구테와 그의 남편은 타일 바닥 위로 미끄러지듯 같이 나와서 무거운 다리로 미친 듯이 추는 것이었다.

---

* 오베르뉴와 베리 지방의 춤.

구테는 노래도 불렀다. 구경꾼들은 손뼉을 치며 배를 잡고 웃었다. 정말 재미있는 녀석이야, 이 집 주인은!

메르시에 씨와 루이즈 그리고 그녀의 오빠 세 사람은 한쪽 구석에서 무엇인지 떠벌리고 있었다. 르쿠브뢰르는 여기저기 사람들 틈을 지나면서 술을 나누고 장래 손님들의 호감을 사려고 애를 썼다. 그러고는 주위를 즐거운 듯이 바라보는 것이었다. 정말 모든 사람들과 다 통할 것 같아! 가게 안의 피어오르는 담배 연기 속에 그는 자기 미래 꿈이 펼쳐지는 것을 바라보았다.

구테는 벽시계에 눈길을 던졌다.

"빌어먹을, 벌써 1시야!" 그는 춤을 멈췄다. "영업 위반에 걸릴 때가 아냐. 가서 문을 닫아야겠어."

10분 후, 르쿠브뢰르 가족은 모든 친구들과 작별을 하고 운하 위로 놓인 철교를 걸어갔다. 그들은 한동안 걸음을 멈추고서 북호텔을 바라보았다. 이 시각에 무엇이 보일 리가 없었다. 가로등이 2층 유리창들을 겨우 분별할 수 있게 비춰 줄 뿐이었다. 그 나머지는 캄캄한 어둠 속에 파묻혀 있었다.

루이즈는 별안간 여태껏 자기를 즐겁게 해 주었던 자신감이 죽어 사라지는 것같이 느껴졌다. 바로 저 집에서 앞으로 살아야 한다니…… 그녀는 머리를 돌리고 몸을 떨었다. 운하는 적막했고 그들에게서 가까운 쪽에서는 물이 불길한 소리를 내며 수문으로부터 떨어지는 것이었다. 그녀는 몸을 바싹 당겨 남편 옆에 가까이 갔다.

"에밀, 빨리 돌아갑시다!"

4

그 후 며칠 지나서 르쿠브뢰르 가족은 이사를 했다. 그들은 가구들을 우선 되는 대로 가게 뒷방에 챙겨 뒀다. 나중에 루이즈가 잘 정돈해 두기로 하고…….

유리창 덕분에 환한 부엌은 카페에 연결되어 있었다. 부엌의 세모진 구석에는 더러운 행주나 앞치마를 넣는 찬장과 쓰레기통을 놓아두는 벽장이 있었다. 그리고 천장이 높고 들창 두 개로 벽이 뚫린 네모난 방이 연달아 있었다. 층계 밑에 있는 조그만 방은 빛이라고는 유리창에서 비쳐 드는 광선뿐이었다. 그곳이 사무실이었다. 거기에는 의자 하나와 배전반과 철로 된 도어맨 침대가 놓여 있었다.

늘 좁은 집에서 살아 왔던 르쿠브뢰르 가족은 그 거처에 대한 만족스러움을 감추지 못했다.

구테 부인이 말했다.

"그래도 댁들은 행복한 편이에요. 많은 장사꾼들이 형편없는 집에서들 살고 있으니까요. 그런데도 직공이나 노동자들은 그러리라고 전혀 생각지 않고, 우리 장사하는 사람들이 퍽 즐거운 생활을 한다고 여기고 있어요. 그렇지만 장사가 직공 노동보다 그리 즐거운 일은 아니죠……. 뭐, 댁들을 초장부터 맥빠지게 하려는 것은 아니고요, 바로 말씀드리자면 그렇다는 말입니다. 모든 사람들 기분을 맞춰야 하고, 서비스를 잘해야 하고, 지저분한 얘기들도 들어 줘야 합니다. 그렇지 않으면 손님들이 다 떨어져 나가요. 조용한 날이 없죠. 곤드레만드레 술 취한 사람에게 언제나 질질 끌려다니고. 게다가 일요일이 되면 여기는 뭐, 엉망으로 틀려먹습니다!"

그렇게 지절대는 소리가 르쿠브뢰르 가족에게는 들려오지 않았다. 그들은 마음속으로, 오랫동안 탐내던 소유지를 차지하고자 하는 농부의 조급한 감정을 품고 있었기 때문이다.

르쿠브뢰르는 푸른 앞치마를 허리에 질끈 동이고 셔츠 소매를 걷어 올리고는, 한층 위압을 주려는 듯 모자를 눈 위까지 푹 눌러 썼다. 구테 씨는 카운터 옆에서 그를 돌봐 주었다. 그들은 아페리티프를 분류 정리했다. 아무레트, 쥐노, 아니, 델 오조 등은 전쟁 전의 압생트 대용으로 쓰고 비르, 켕키나, 뒤보네는 해가 없는 음료고, 베르무트, 아메르, 셍자노와 그 외 다른 술들은 컬컬한 목을 축이기 전에 여러 가지 색깔로 먼저 눈을 즐겁게 해 주는 것들이다.

손에 영수증을 들고 구테 씨는 공급 상인들의 주소를 알려 주고, 아페리티프 잔에다 물을 따라 넣고 '혼합' 비율을 가르쳐 주면서 '맥주 거품 내는' 방법, 즉 잔에다 가득 따르지 않는 방법도 일러 줬다.

4시였다. 모든 사람들이 일을 하는 때이기 때문에 가게는 비어 있었다. 별안간 문이 열리면서 한 남자가 신속하게 들어왔다.

"붉은 포도주!"

구테 씨는 잔을 카운터 위에 놓고 1리터짜리 술병을 르쿠브뢰르에게 건넸다. 그러고는 그가 술을 따르는 모습을 바라보았다.

"50상팀입니다."

그러나 손님이 놓고 간 돈은 건드리지 않았다. 그것을 르쿠브뢰르가 집어서는 속으로 만족스럽게 생각하면서 금고 속에 넣었다.

다른 손님들이 들어왔다. 르쿠브뢰르는 손님들을 접대하였다. 그러고는 카운터의 아연으로 된 판을 걸레로 훔치고 설거지통에다가 잔들을 담아 씻고서는 깨끗한가 안 한가 하고 잠깐 훑어보았다.

"여보쇼, 그렇게 하면 곧 지칩니다."

구테 씨는 주의를 주었다.

설마 그러겠어! 르쿠브뢰르는 자기가 일생 동안 이 장사에 종사했던 것처럼 생각되었다. 그의 얼굴에는 윤기가 났고, 자기 꿈의 실현은 그를 신념에 가득 차게 했다. 때때로 그는 실수를 할 때가 있었다. 잔을 깬다든지 아페리티프를 혼동한다든지 하는 일이 생겼다. 그러나 구테 씨는 그럴 때마다 웃으면서 위로하는 것이었다.

"이득을 보려면 밑지기도 해야죠."

"주인이 바뀌었습니다."라는 호텔 앞 옥양목 현수막은 숙박 손님들을 놀라게 했다. 손님들은 줄을 지어 카운터에 내려왔다. 그곳에서 벌써부터 손님을 접대하는 르쿠브뢰르를 보고 그들은 놀랐다. 구테 씨는 싱글벙글 웃으면서 자기에게 보호받고 있는 르쿠브뢰르의 어깨 위에 다정하게 손을 올려놓고 그럴듯한 소리로 말했다.

"모두 멋진 친구들이죠!"

그러고는 루이즈에게 이쪽으로 오라고 하고서는 모든 사람에게 소개했다. "괜찮아요, 잡아먹지는 않을 테니까!"

서먹서먹한 분위기는 사라졌다. 르쿠브뢰르는 모든 사람들과 악수를 하고는 어색하고 익숙지 못한 솜씨로 정성껏 술을 잔에다 붓고, 모든 카페에서와 마찬가지로 정치에 관한 쪽으로 흘러가는 손님들의 이야기에 한몫 끼었다. 그가 손님들에게 술을 따를 때 그들이 농담으로 자기를 '독살자'로 취급해도 그는 놀라지 않았다.

구테 씨는 카운터 뒤에 나란히 있던 루이즈에게 이렇게 말하는 것이었다.

"보쇼, 어때요, 매일 이럴 겁니다."

5

르네 르베스크는 철공장 직공인 피에르 트리모와 함께 호텔에서 살고 있었다. 그녀는 약간 통통한 금발 시골 처녀로서, 푸른 눈은 흐릿했고 광대뼈에 점이 있었다. 그녀는 하루 온종일 창가에서 맥없이 턱을 괴고 앉아 서서히 미끄러지는, 바닥이 편편한 하천용 수송선들을 바라보았다. 그 배는 마치 자신의 생각처럼 느릿느릿하게 운하 위를 미끄러져 흘러가고 있었던 것이다. 르네는 사랑을 속삭이던 옛 시절을 생각했다. 트리모는 그때 쿠로미에에서 일했다. 르네는 무도회에서 트리모와 알게 되었고 그 후 둘이서 만나곤 했다. 그리고 얼마 안 가서 그 놈팽이의 달콤한 꾐에 넘어가 제마프 강기슭에 같이 오고 만 것이다. 그 당시 르네가 지니고 온 것은 버들가지로 된 가방과 고아원에 있을 때의 기념품들뿐이었다……

매일 저녁때가 되면, 르네는 트리모를 마중하러 공장 문 앞에 갔다. 마중 가는 일은 르네 생활의 전부라고 말할 수 있을 정도

28

였고, 따라서 그녀는 소박한 교태로 그 마중을 준비하는 것이었다. 르네는 언제나 너무 일찍 도착했다. 그렇기 때문에 그녀는 공장 부근의 길가에서 왔다 갔다 해야만 했다. 드디어 그의 애인이 나타나면, 그들은 서로 껴안고 격렬한 키스를 나누는 것이었다.

"피에르, 우리 걸어가요, 네." 하며 르네가 속삭였다.

피에르는 한 팔로 여자의 허리를 감싸 안고서, 그녀가 속삭이게 놔두었다. 그들은 상점의 진열창 앞에서 머뭇거리기도 하고, 유행하는 샹송을 듣기 위해 사거리에서 발걸음을 멈추기도 했다. 이와 같이 르네는 파리를 알게 된 것이다.

여기 온 처음 몇 달 동안은 토요일이 되면 트리모는 그녀를 영화관에 데리고 갔다. 그러나 까다롭고 횡포한 이 친구는 이제는 볼 맛 다 본 손아귀에 든 여자를 떨쳐 버릴 태세를 갖추고 있었다. 한데 악의라고는 모르는 이 불쌍한 여인은 그런 것은 짐작도 못 했다. 트리모는 그 여자를 실컷 농락하고서는 어느 날 아침 한바탕 다툰 끝에 말했다.

"이봐, 이젠 너를 먹여 살리는 게 지긋지긋하단 말이야!"

르네는 스물둘이 됐다. 별로 예쁘지도 않으나 그렇다고 밉지도 않았다. 통통한 볼은 아직도 시골티를 풍겼다. 그녀는 소녀 시절을 불행과 복종 속에서 보냈다. 트리모의 이기주의는 아주 노골적이었다. 그래, 그렇다면 일을 하면 될 거야. 그의 마음에 들게.

좋건 나쁘건 간에 그녀는 아무 걱정 없이 인생에 뛰어든 것이다. 그녀는 길거리에서 만나는 여자들에게 감탄했다. 어떤 여자들 한패는 마치 스타처럼 차리고 그녀 앞으로 불쑥 나타나고, 또 다른 한패, 그것도 때로는 아주 젊은 처녀들은 음탕한 웃음을 흩뜨리면서 남자들 한가운데로 슬그머니 들어가곤 했다. 그녀는 그들의 대담성이 부러웠다. 햇볕에 그을린 자기 얼굴에 약간 창피를 느끼고 분을 칠하고 입술에다가는 립스틱으로 아름다운 열매 모양을 그린 후 혀로 그것을 다듬었다. 그러고는 백화점의 카탈로그를 열심히 뒤져 보았다. 또 피에르를 마중 가기 전에 '프렝탕'이나 '갈르리' 백화점을 한 바퀴 돌곤 했다. 자신의 외출복이 아주 따분하고 너절해 보였던 것이다…….

남자를 즐겁게 하는 데에는 재주를 갖지 못했지만, 그녀는 지난날 자기의 아름다움을 일깨워 주던 애인을 소중히 여겼다. 사랑하는 애인을 감탄시키겠다는 막연한 기대에, 그녀는 거울 달린 장 앞에서 계속하여 자기 얼굴에 사로잡혀 있었다. 새로운 형태로 머리를 꾸몄고 날마다 더욱 짙은 화장을 했다. 그녀는 자신의 육체에 묘한 흥미를 느끼기 시작했다. 트리모의 주머니에서 살짝 꺼낸 카드의 나체 그림에다 자신의 육체를 비교해 보면서 즐거워했다. 그 대조에 그녀는 흥분했고 쥐어짜는 듯한 질투를 느꼈다. 피에르가 일을 하라고 강요하는 것은 그들의 사랑이 시들었다는 표시다. 그녀는 그것을 잘 알고 있었다. 그녀는 옷을 주워 입고서는 거울에서 시선을 돌리고, 생각에 잠기는 것이었다.

'르쿠브뢰르 씨 집에서 가정부를 구한다지.' 하고 그녀는 생각했다. '나라고 해서 못할 일은 아닐 거야. 그리 되면 피에르도 즐거워할 것이고…….'

호텔 일은 별로 어렵게 생각되지 않았다. 고아원에서 바느질이니, 가사일들을 배웠던 것이다. 그녀에게 있어서 무엇보다 중요한 것은 피에르가 자기와 함께 머무는 것이었다.

그날 아침, 카페에는 손님들이 없었다. 르쿠브뢰르는 카운터에서 잔을 씻고 있었다. 르네는 문을 밀었다. 그리고 가슴이 두근거리는 것을 느끼면서 앞으로 나아갔다.

주인이 인사를 건넸다.

"안녕하세요? 무엇을 마시겠어요?"

그녀는 고개를 저으면서 더듬거렸다.

"가정부를 구하시죠?"

"그래요. 그런데 집사람이 없군. 그것은 집사람 소관이라서……."

르네는 한숨을 쉬었다. 자신의 청이 거절될까 몹시 걱정이 되었던 것이다. 그러나 다른 자리가 어디 있단 말인가? 그녀는 앉았다. 드디어 주인 댁이 돌아왔다.

"저 처녀가 써 달라고 왔는데."

르쿠브뢰르는 설명을 해 주었다.

루이즈는 여숙박인의 얼굴을 살펴보았다. 처음에는 위층에서 남자들과 살림을 하는 여자들을 멸시했다. 하지만 요즈음은 덜 엄격해졌다. 특히 르네는 자기 방을 정성껏 깨끗이 쓰고 있었으므로 나쁘게 보지는 않은 터였다.

"써 주죠. 월급은 한 달에 250프랑인데 식비와 세탁비는 우리가 부담하고 손님들의 팁은 당신이 갖는 거죠……. 그리고 약간 머리를 쓴다면 일은 빨리 익숙해질 거예요. 결코 어렵고 무리한 일은 시키지 않을 테니까요."

르네는 그 말을 다 듣지 못했다. 그녀는 오늘 저녁 트리모가 놀라는 꼴을 생각하고 있었다. 그의 목에 매달릴까, 아냐! 그의 키스를 기다려야지. '맞춰 봐요!' 하고 말하겠어. 그러고는 벌써 트리모의 호기심에 찬 모습을 상상하는 것이었다. 그렇게 쉽게 궁금증을 풀어 주지는 않겠지만 오랫동안 숨길 수는 없을 테니 언젠간 고백하고 말 것이리라…….

루이즈가 그녀를 꿈에서 깨게 했다.

"즉시 일을 시작하죠. 어때요? 함께 방으로 올라가요……. 빗자루와 물통을 갖고. 오늘만은 내 헌 앞치마를 빌려줄 테니까."

점심때 르네는 르쿠브뢰르네 식탁에서 점심을 먹었다. 손님들은 그걸 보고 놀랐다.

"가정부입니까? 주인 아주머니, 운이 좋으시군요. 아주 가까운 곳에서 힘 안 들이고 얻었으니 말이에요."

르네는 그 소리를 듣고 있었다. 그 여자의 뺨은 행복감에 붉어졌다. 여태껏 알지 못했던 자만과 안전의 감정이 그녀의 마음을 사로잡는 것이었다.

그녀는 다시 위층에 올라가 일을 했다. 하루는 빨리 지났다. 6시에 그녀의 방으로 올라가서 새 옷으로 갈아입고 창가에 팔꿈치를 기대고서, 트리모가 돌아오기를 기다렸다.

마치 산더미 같은 담요를 들춰 올리고, 수 킬로미터의 마룻바닥을 청소한 것같은 생각이 들었다. 방 번호들이 머릿속에서 빙빙 돌았고, 자기가 들른 방들의 서로 다른 여러 모습에 놀란 감정은 아직도 가시지 않았다. 그녀는 이곳 일이 시골 농장 일보다 퍽 편하다고 생각했다. 시골에서는 저녁이 되면 졸음이 오는 정적밖에 바랄 것이 없었다. 춤을 추러 가려면 수 킬로미터의 길을 걸어가지 않으면 안 되었다. 그와 반대로 제마프 둑은 등댓불이 켜지면 그 빛이 진열대 불빛과 섞여 반짝였고, 남자들은 콧노래를 부르면서 일터로부터 돌아왔으며, 아래 가게에서 떠들썩한 소리가 들려왔다.

르네는 흥분해서 들떴다. 장래 계획이 눈앞에 펼쳐졌기 때문이다. 피에르는 자기와 결혼할 것이리라……. "그런데 그이는 무얼 하고 있을까?" 하고 그녀는 혼자 중얼거렸다. 아마도 그는 어느 카페에 눌어붙어 있을 것이다. 그리고 지나치게 돈을 써 버렸다고 투덜거리면서 돌아올 것이다. 그러나 그녀는 트리모의 잘못을 용서해 줄 것이다. 왜냐하면 그는 그렇게도 많은 여자들 중에서 자기를 선택했기 때문이다.

그러한 꿈을 꾸는데 별안간 피에르가 문을 열었다.

"여봐, 뭘 하고 있어. 캄캄한데?"

그는 전등을 켜고선 챙 달린 모자를 벗어던지고 의자 위에 털썩 앉았다. 그리고 건방진 말투로 말했다.

"요즈음 나를 아랑곳하지 않아. 오늘도 공장 앞에서 얼마나 기다렸는지 알아!"

르네는 웃음을 거두었다. 그녀는 트리모의 곁으로 다가가서 아무것도 걸치지 않은 팔로 그의 목을 껴안았다. 키스를 연거푸 퍼부어 그녀의 입술이 부풀었다. "피에르……." 하고 그녀는 속삭였다. 그러나 그는 밀쳐 냈다. 르네는 더 이상 참을 수가 없었다. 그래서 외치고 말았다.

"피에르, 나 일하게 됐어요."

"이제야 겨우?"

그는 아무런 즐거운 표정도 보이지 않고 대답했다.

하지만 그는 좀 편해질 생활을 생각하고 르네를 자기 무릎 위에 앉혔다. 그는 더러운 손으로 여자의 머리를 생각 없이 쓰다듬었다. 그러자 르네는 행복에 도취돼서 눈을 지그시 감고 머리를 젖혔다. 몇 분 후에 배가 고파진 피에르는 오늘은 특별한 음식을 먹을 수 있다는 생각이 들자, 그녀에게 말했다.

"자, 옷을 입어. 쇼프데셍즈에서 저녁을 먹을 테니까."

그들은 즐겁게 손을 마주 잡고 레스토랑으로 내려갔다.

6

　루이 영감, 미마르, 마리위스 플뤼슈 등 세 사람은 굉장한 카드 노름꾼들이었다. 술을 마시겠다는 구실로, 10을 제일 센 패로 삼는 카드놀이를 한없이 했던 것이다. 술을 고르는 데 있어서는 플뤼슈가 대담했다. 카드가 돌려지는 동안 그는 카운터 뒤에 줄지어 서 있는 술병을 훑어보았다. 그러다가 새로운 상표를 발견하면 그의 눈에는 어린애 같은 탐욕이 서리는 것이다. 샹베리 프레제트……. 그는 드디어 새 술을 찾아낸 것이다.

　"옳지! 이봐, 미마르, 자네 샹베리 프레제트로 하겠나?"

　언제나 먹던 술을 고집하는 미마르는 중얼대는 것이다.

　"새로운 술이고 뭐고 다 필요 없어. 난 페르노를 마시겠네."

　그는 석판 위에다 계산을 하고 계산이 끝날 때마다 늘 그렇듯 의젓한 태도로 타일 바닥 위에 덮인 톱밥에다 가래침을 뱉었다.

　르쿠브뢰르는 그들과 어울려서 트럼프를 하지 않으면 안 될 경우에는 술을 따라야 한다는 핑계를 대고 될 수 있으면 즉시 일어서곤 하는 것이었다. 그 노름은 그를 피로하게 했다. 언제나 똑같은 말다툼이 벌어졌다. 한쪽에서 '아메르'를 고집하면 다른 한편에서는 '아니스'가 좋다는 것이었다. 마치 이 사람은 유니테르, 저 사람은 세제티스트 하는 식*으로 싸우고 세상의 운명이 거기에 좌우되기나 하는 듯 큰 소리로 떠드는 것이었다.

르쿠브뢰르가 어울려서 트럼프를 하는 동안에는 루이즈가 카운터에서 손님들에게 술을 따라 주었다. 드보르제 영감은 붉은 보르도 와인, 디아고는 오래된 부르고뉴 와인을 주문했다. 인쇄 직공인 콩스탕은 정부와 헤어지게 된 사연을 병기 공장(兵器工場) 직공인 브느와에게 말하는 것이었다.

"더러운 년!" 하며 주먹으로 카운터의 아연판을 두드리며 그 말들을 강조하면서 되풀이했다.

난로 가까이 보로비치와 그의 아내가 앉아 있었다. 그의 아내는 고아원에서 자란 여자였다. 상이용사인 남편은 우유를 타지 않은 커피, 아내는 럼주를 섞은 커피를 각각 주문했다. 월급날이 되면 둘 다 강한 '그로그'**를 마시곤 했다.

11시쯤 되면 문 소리를 내면서 과자 장수 귀스타브가 콧노래를 부르며 들어왔다. 그는 언제나 얼근히 취해 있었으며 지나치게 꾸민 꿈 같은 이야기를 떠벌려 댈 채비를 하고 있었다.

"야, 타타브!" 하고 외치곤 미마르는 트럼프 카드를 놓았다.

"우리에게 한턱 내!"

귀스타브는 응낙했다. 모두 건배를 하고는 잠을 자러 올라갔다.

……매주 토요일이면 카드놀이꾼들은 10을 제일 센 패로 삼

---

* 유니테르는 통일노동총동맹을, 세제티스트는 노동총동맹을 가리킨다.
** 럼 또는 브랜디에 레몬이나 더운 물을 섞은 음료.

는 노름에 어지간히 열중하는 것이었다. 12시가 가까워지면 르쿠브뢰르는 하품을 하고, 보라는 듯이 벽시계를 올려다보곤 했다. 그리고 여기저기 테이블을 왔다 갔다 하면서 내기 돈에 생각 없이 주목을 했다. 그리고 피로한 듯 몸을 곧게 펴서 기지개를 켜곤 했다. 허나 빚에서 풀려나야겠다는 욕망은 그런 것을 이겨 낼 힘을 그에게 주는 것이었다. 마지막 '잔금'를 치르기 전에 그 조그만 잔들에다 얼마나 많이 술을 부어야 할 것인가! 드디어 시간이 다 됐다고 손님에게 알릴 때가 왔다. 허나 카드놀이에 미쳐 버린 데다가 추운 방으로 돌아가고 싶지 않은 몇몇 친구들은 여간해서 말을 듣지를 않았던 것이다. 그들을 재치 있게 다루어서 밖으로 내쫓아야만 했다.

손님들이 모두 가 버렸다. 무슨 싸움판이었던 것 같은 방에 안개가 푸르게 서려 있었다. 테이블 위에는 고인 물이 반짝였고 잔들은 끈적끈적하게 손가락 때가 묻어 있었다. 르쿠브뢰르는 카페의 두 문을 활짝 열었다. 그는 신선한 밤공기를 오랫동안 시원한 숨결인 듯 들이마셨다. 그 공기는 담배 연기나 알코올 습기보다 그의 입에 상쾌하게 느껴졌다. 그러나 때로는 너무나 지쳐서 기분이 좋지 않고 정신이 어지러우면 하루의 수지만 계산하고 싶을 뿐이었다. 그것은 그가 자기 사업이 훌륭하게 잘된다는 것을 확신하기 위해서 하는 중대하고 벅찬 작업이었다. 그는 드디어 붉은 줄을 친 장부 위에 수지 총계를 적는다. 그 장부를 대하면 그는 매번 가슴이 두근거렸다.

르쿠브뢰르는 사무실에서 잤다. 그의 머리맡에는 전령반, 미터기, 각 방의 전등 표지기 등이 있었고, 그의 왼손 쪽에는 호텔 문을 자동으로 여는 배(梨) 모양 손잡이가 있었다.

숙박인들은 아무 때나 돌아왔다. 그것은 그들의 자유였다. 그 때문에 르쿠브뢰르는 얼마나 고통을 받는지! 드러누워 눈을 감으면 요란스러운 욕 소리가 잠깐 든 잠을 깨우는 것이다.

"제기랄……! 무엇 하고 있어? 문 열어!"

그는 기계적으로 손잡이를 누르지만 때로는 그것을 찾는 데 1분이 걸릴 때도 있었다. 숙박인은 자기 번호를 일러 주면서 들어갔다. 그의 그림자가 유리 창문에 비쳤다. 르쿠브뢰르는 자신의 위로 계단에 부딪히는 무거운 발소리를 듣는다. 그러자 그는 자기의 긴 베개 밑에 팔을 넣었다.

"꽝! 꽝!"

또 짓궂은 숙박인이 돌아왔다. 반쯤 잠이 들려는 참에 그 지경이니 그에게선 더 이상 점잖은 말이 안 나왔다. 그렇지만 자신의 의무가 무엇인가를 의식하고 있었다.

토요일엔 귀가들이 늦었다. 그래서 그는 도저히 잠을 잘 수가 없었다. 술에 취한 숙박인들은 초인종을 찾지 못하고선 발길로 문을 걷어차면서 그를 불렀다. 그러면 르쿠브뢰르는 속옷 바람으로 일어나서 문을 열어 주었다.

"방을 틀리지 않게 찾아가쇼." 하고 그는 투덜대며 말했다.

패종시계를 바라보니 새벽 2시였다. 그는 운하의 가스등이 희미하게 밝혀 주는 가게 안을 한 바퀴 둘러보았다. 때때로 사람 그림자가 카페 앞에 서 있는 것 같았다. 그 그림자는 유리창에 환상적인 각도와 곡선을 그려 주었다. 아마도 떠돌아다니는 사람인지도 모른다. 외곽 도로는 멀지 않았다! 커튼을 치켜 보았다. 아니다, 인도에는 아무도 없이 적적했다. 맞은편에는 감시 초소의 가로등이 빤짝이고 있었다. 그 가로등에는 "물에 빠진 사람 응급조치!"라는 붉은 게시판이 걸려 있었다. 르쿠브뢰르는 그것을 꿈에 볼까 두려워했다.

불안정하고 덧없는 인간들이 의지할 곳을 찾고 있는 마흔 개의 방들 한가운데 선 르쿠브뢰르의 주위는 온통 침묵이었고 휴식이 있을 뿐이었다. 그는 침대로 가서 맨발에 붙은 톱밥을 털어버리고는 지쳐서 잠들었다.

7

매일 아침 5시가 되면, 집 안 쓰레기 수거원인 다고는 죽은 것처럼 잠에 녹아떨어진 르쿠브뢰르를 깨웠다. 첫 부름에는 대답이 없다. 다고는 계속해서 부른다.

"문 여세요!"

그러고는 화가 나서 소리친다.

"문 열어요! 빌어먹을!"

잠에 취한 몸짓으로 르쿠브뢰르는 문 끈을 잡는다. 분명하게 드러나는 악몽의 느낌이 그를 완전히 깨우고 마는 것이다. 그는 자리 위에 일어나 앉아서 하품을 하며 걱정스럽게 자기의 몸을 만져 보았다. 피로를 잊어버려야 하는 아주 고통스러운 순간이다. 모든 걸 다 맡기고 마음 놓고 푹 쉬지 못하는 잠 속에서 어떻게 휴식을 찾을 수 있단 말인가? 저녁부터 새벽까지의 그 떠들썩함에 정신을 쓰느라고 온 사지가 마비된 듯 둔해졌다. 머리는 무겁고 등골이 아팠다. 허나 르쿠브뢰르는 일어난다. 그는 추위에 굳은 듯한 옷들을 껴입는다. 그러고는 축축한 물수건으로 잠에 취한 얼굴을 문지르는 것이다.

바지 멜빵을 어깨에 채 걸치지도 않고 벌써 그는 커피 준비를 한다. 자기 몸치장에 공들이는 게 아까운 듯 겨우겨우 끝내고선 모든 정성을 페르코*의 손질에다 기울이는 것이다. 자, 문지르고 닦으면! 그것 봐, 정신이 되살아나게 하고 사는 맛이 나게 해. 페르코는 마치 등대처럼 빤짝거린다. 그 속에서 물이 끓고 옆 귀퉁이로 향긋한 김이 풍겨 나온다. 그것으로 모든 것은 준비되었다. 숙박인들은 좋은 '블랙커피'로 배를 축이고 일터로 나갈 것이다.

가게 문이 열리는 시간이다. 그때 주름살이 자글자글하고 갑상샘종에 걸린 석수장이인 루이 영감이 나타났다. 하늘이 맑든 궂든, 조용한 아침이건 바람이 부는 아침이건, 그는 가게 문지방 근처에 자리를 잡고 럼 커피를 기다리면서 하늘을 바라보았다. 그러면서 말하는 것이었다.

"오늘은 날이 좋을 것 같은데!"

"그랬으면 좋겠군요!" 하고 르쿠브뢰르가 대답한다.

"겨울 날씨에 진절머리가 났어요."

흐릿한 광선이 가게를 밝게 비추고 있다. 이제는 손님들이 줄을 지어서 가게로 들어오는 때다. 모든 사람들이 바쁜 듯이 선 채로 뜨거운 커피를 마신다.

"주인장, 당신 집 커피는 후후 불어 가면서 마셔야 한단 말이야!"

"그럼요. 지금 막 끓인 건데요!"

---

* 전우를 위해서 커피를 끓여 준다는 뜻인데, 여기서는 커피 끓이는 주전자를 가리킨다.

대부분의 사람들은 몸이 훈훈해지라고 커피에다가 럼주나 코냑을 약간씩 섞어 마신다. 그들은 급하게 방을 뛰쳐나오기 때문에 카운터 앞에 와서야 옷매무새를 마무리한다. 아무렇게나 면도를 하고 대강 세수를 한 얼굴들이다. 그들의 언 얼굴들은 새벽처럼 시푸르뎅뎅하다. 잠이 깨지 않은 목소리는 평소와 다르고 눈꺼풀을 깜박인다. 그들은 단꿈에서 깨어나며 "망할놈의 일!" 하면서 생활을 저주한다. 때때로 그들은 의자 위에 펄썩 주저앉으며 기지개를 켰다. 단조로운 운명이 그들을 짓누르는 것이었다.

"오늘 저녁엔 일찍 자야겠어!"

그들은 대단치 않은 직업에 못 박힌 채 거기서 빠져나오지 못하고 기계적으로 살고 있는 것이다. 호텔에는 가지각색의 직업에 종사는 사람들이 있었다. 몇몇 회사원들, 회계원 한 사람, 급사들, 전기공들, 인쇄공이 둘 있는가 하면 건설 계통의 일꾼으로는 미장이, 벽 칠장이, 석수장이, 목수 등 만약 파리가 지진으로 파괴되어 버리면 재건에 필요할 인간들이었다. 아침 7시가 되면 그들은 모두 사라져 버리는 것이다.

얼마 후 젊은 여자들이 들어와서 새로운 생기를 불어넣어 준다. 피혁 공장과 부근의 방직 공장에서 일하는 여공들, 그리고 판매원과 타이피스트들이다. 그녀들은 밀크 커피를 주문하였다. 그러고는 짤끔짤끔 한 모금씩 마시는 것이다. 브리오슈 과자를 조금씩 뜯어 먹으면서 그녀들은 카운터의 거울에 얼굴을 비춰 보곤 했다. 그리고 한길에 나가기 전에 화장을 하는 것이다.

루이즈는 그 여자들을 너그럽게 바라보지 않는다. '들뜬 계집들이야!' 하고 생각하는 것이다. "분을 개떡 같이 바르는 것보다는 세수나 제대로 하는 것이 낫지!" 마지막 한 여자가 나가자 루이즈는 카페 문을 활짝 열어젖히는 것이다. 그의 남편이 깜짝 놀라자 이렇게 말했다.

"악취가 나네, 여기……!"

바깥 거리의 주민들이 일어나기 시작한다. 청소원들은 한길 변두리에 쌓인 쓰레기들을 부삽으로 거둬 가지고 간다. 상인들은 진열장에 물건들을 배치해 놓기 시작한다. 쇼프데셍즈의 철덧문을 걷어 올리는 소리가 들려온다.

방 청소를 하기 전에 르네는 난로의 재를 털어 내고, 벌써 담배꽁초와 가래침으로 지저분해진 가게의 타일 바닥을 쓸어 낸다. 발미 둑의 세탁선에서 일하는 베르트와 펠리시 두 늙은 세탁부들은 '겨울에 피부가 트지 않고 지내'기 위해 마르 브랜디를 조금 주문한다. 얼마 후 라투슈 집의 마차꾼들이 들어온다. 모두 좋은 친구들인데 너무 떠들썩하다! 나이가 젊은 축들은 '깡패' 본을 따서 나팔바지를 입고, 면도를 한 목에 머플러를 두르고 있다. 그 젊은 축의 하나인 마르셀은 원기 왕성한 미남이다. 그는 권투장에 드나드는 패였으며 그것을 증명이나 하듯 스포츠 웨어를 입고 자랑해 보이며 고급 담배를 피우는 것이다. 그의 말에 의하면, 영국 담배의 향긋한 냄새에 여자들이 기절한다는 것이다. 파리 사람의 특징인 어미를 길게 늘이는 말투로 자기의 난봉 이력을 과장해서 자랑하는 것이다. 르네는 빗자루에 기대서서 입을 멍하니 반쯤 벌리고 초점 잃은 눈초리로 그의 말을 듣고 있었다. 그러나 마르셀이 허리를 꼬집으러 가까이 오자 소리를 질러 댔다.

루이즈는 악의 없이 끼어들었다.

"그러지 말아요. 보기 흉해요. 여기는 댄스홀이 아니에요……. 어머나, 오늘 아침엔 모두 힘들이 넘쳐흘러."

나이를 더 먹은 마차꾼들은 술병에 열중했다. 옷매무새도 흐트러졌고 목소리는 거렁거렁하고, 거의 모두가 거칠어져 있다. 그들은 동업자 처지로서 다같이 자동차 운전사들에게 공동의 증오를 품고 있다. 나팔과 경적의 그칠 줄 모르는 도전이 그들을 미치게 하는 것이다. 그래서 언덕을 올라가는 중에 자동차에 추월 당하면 그들은 가엾은 말들에게 그 패배의 고배를 고되게 치르게 하는 것이다. 그리 되면 경찰과 분쟁을 일으키고 만다. 그 분쟁을 그들은 조금도 걱정하지 않는다. 벌금은 라투슈가 치르기 때문이다.

아침에 주인이 나타날 때까지 천천히 아페리티프를 마시는 것은 그들 사이에 성립된 습관이다. 막 주인이 문턱에 나타난다. 더부룩한 수염을 하고 손에는 말채찍을 들고 있다. 이 독특함은 조금도 상징적이지 않지만, 라투슈는 세상 관습과는 달리 특이하게도 위압이 아니라 능숙한 말솜씨로 사람을 다루는 상냥한 사람이었다.

5분 정도 어울리며 아페리티프 한 잔 마시는 일 없이 그는 자기 일꾼들을 모아놓고는 할 일들을 각자에게 지시하여 주었다. 그것은 르쿠브뢰르에게 원한과 찬탄이 뒤섞인 분명치 않은 감정을 일으키게 했다.

수문지기 쥘로는 수족관처럼 유리로 둘러싸인 감시소 안에서 마차꾼들이 떠나는 것을 엿보았다. 수다스러운 아낙네처럼 남을 헐뜯는 나쁜 성격을 갖게 된 것은 떠들썩한 시가지 한가운데 있는 이런 조그만 곳에서 산다는 사실 때문일까? 그는 아침

꾼에다가 말이 많았고 밀고를 잘 했으며 남의 스캔들을 큰 소리로 떠들고 다녔다. 쥘로는 루이즈 르쿠브뢰르를 '아주머니'라고 부르고, 그녀의 남편은 '미밀'이라고 불렀다. 그는 둑 위에서 몸짓과 더불어 이야기를 했고, 한길 건너에 아는 사람이 지나가면 불러 세워 놓고 큰소리로 떠들어 대는 것이었다.

"여봐! 한잔 내!"

공무를 수행하는 사람들의 위세를 갖춘 쥘로를 뱃사공들은 무서워했다. 쥘로는 마치 점쟁이가 제단에 쌓이는 공물이 많을 때만 호의를 보이듯 뱃사공들이 기꺼이라고는 할 수 없이 내는 괴상한 통행세를 받고 나서만 수문을 여닫았다. 그러고 나서는 카운터 앞에 나타나 말하는 것이었다.

"이번에는 블랑비시를 주세요, 미밀. '벨 루아네즈'의 선장이 한잔 내는 거요!"

그러나 쥘로는 자기의 한계를 지킬 줄 알았고 자신이 직책 덕분에 존경받는 것도 알고 있었다. 그의 똑똑함은 '좋은 비결'을 하나 생각해 내었다. 우선 미밀의 양해를 얻고 하루 동안 그가 한턱으로 받은 잔술을 합산해 가지고 매일 저녁이 되면 술병을 들고는 팡탱(그곳에서 그는 살고 있다.)으로 돌아가는 것이다. 그러고는 자기의 위신을 손상하지 않고 침대 속에서 마음껏 취하는 것이었다.

……드디어 가게가 비어 한가해진다. 루이즈는 르네와 함께 방 청소를 하러 2층으로 올라간다. 르쿠브뢰르는 사암(砂岩)으로 카운터 바닥을 닦고, 조심스럽게 씻은 잔들을 선반 위에 가지런히 올려놓는다. 아페리티프를 따르는 줄무늬 잔, 보르도 와인 잔, 리큐어 잔, 아이스크림 컵, 버찌 브랜디 잔, 발포성 포도

주를 따르는 잔 등이 나란히 놓여 있다. 이제는 따뜻한 햇볕이 상점을 비춘다. 태양은 루이 영감의 소원을 풀어 주었다. 술잔과 술병은 광선에 무지갯빛으로 빛나고 잘 닦인 카운터는 눈부시게 번쩍거린다. 그 모든 것이 얼마나 아름답고 얼마나 용기를 북돋아주는 것이었던가! 르쿠브뢰르는 셔츠 소매를 걷어 올리고서는 손에서 리큐어성의 물기를 흔들어 떨친다. 그러고는 반들반들하게 닦인 카운터 연판 속에서 일그러진 모습으로 맞은편의 자신을 향해 웃는 제 얼굴을 바라보는 것이었다. 즐거움이 마음속에 넘쳐흘렀다. 그는 '새 물건이나 마찬가지로 흠이 없는' 의자랑, 식탁 전등 그리고 붉은 모조 가죽으로 덮인 긴 의자를 부드럽게 바라본다. 천장에는 가지가 셋인 샹들리에가 빛을 내고 있다. 모자라는 것은 당구대뿐이다!

르쿠브뢰르는 더 이상 그렇게 있을 수 없었다. 한길을 건너가서 자기가 가진 이 모든 것을 한눈에 훑어보고 싶었다. 목덜미에 잔 훔치는 수건을 걸치고는 받침대를 세워 만든 난간에 기대서서 자기 집 제일 꼭대기를 지긋이 바라보며, 그는 생각에 잠긴다. 내년에는 집을 고쳐야 하고 간판도 다시 칠해야만 하리라. 라투슈 집과 맞붙은 벽은 급히 서둘러서 칠해야 할 것이다. 많은 빗자국이 마치 사람 얼굴에 있는 주름살처럼 벽을 더럽혀 놓았기 때문이다. 2층 창 가운데에 걸린 전쟁 전의 헌 간판이 그의 주의를 끈다.

방 있음
새 가구 완비
거울 달린 장롱 포함
일주일에 5프랑부터

46

무슨 허튼소리야! 빨리 뜯어 버려야겠어. 이번 가을부터는 일주일에 30프랑으로 방 가격을 정해야겠는데. 르쿠브뢰르는 두 눈을 지그시 감고서는 계산을 하는 데 정신이 팔려 버린다.

"나는 좋은 사업을 시작했어!" 하고 큰소리로 중얼댄다.

짐마차 여러 대가 제마프 둑으로 큰 소리를 내면서 올라온다. 한 줄기 바람이 운하 위를 지나간다. 르쿠브뢰르는 달콤한 듯 공기를 들이마신다. 19호실에서 르네가 왔다 갔다 하며 일하는 것이 열린 창을 통해서 보인다.

'정직하고 일을 잘하는 처녀야.' 그렇게 생각을 하면서 그는 자기 가게로 들어간다.

8

    미마르는 시골 사람처럼 굼뜨게 행동하곤 했다. 고집이 세고 속이 좁은 데다가 돈에 인색한 사람이었다. 허나 경우에 따라서는 아첨꾼이 되기도, 난폭자가 되기도 하는 그런 종류의 인간이었다. 다른 사람들이 그러하듯 그도 역시 돈을 좀 벌까 하고 파리로 온 것이지만 행운은 그에게 미소를 보내지 않았다. 그래서 앞으로 연금이나 타겠다는 정도의 희망 아래 오랫동안 북(北) 역에서 일을 했다. 역에서 하는 일이란 수하물 운반인이었기 때문에 한 달에 보름은 밤을 새워야만 했다. 고로 그 보름 동안 낮에는 한가히 놀고 지낼 수 있었다.

    바람피우는 젊은 사람들의 허풍은 재미있었다. 애송이들이! 그는 그 젊은 친구들의 용맹에 질투를 느끼지는 않았다. 자기 나이에는 호텔에서 기회를 보고 낚을 여자를 노리는 편이 나았기 때문이다. 가구를 채운 방을 15년이나 빌려 산 그는 여러 경험을 했다. 여자를 낚아채는 데 있어서는 언제나 실수가 없었다.

미마르의 인생은 두 가지 정열, 즉 카드놀이와 계집으로 나누어져 있었다. '일터'에서 돌아오자마자 그는 친구들과 카드놀이를 했다. 이 거리에서 그의 카드 재주에 대한 평판은 확고했다. 그의 교묘함과 '무척 좋은' 운수를 모두가 부러워했다. 그 운수는 그가 목이 컬컬할 때엔 자기 주머니에서 땡전 한 푼 쓰지 않고도 술을 마실 수 있게 했다. 역에서 수하물을 운반하는 일은 별로 걱정할 만한 것이 없었다. 술집에서 카드놀이에 이길 때마다 그는 거만해졌지만 친구들은 서로 다투어서 그와 한번 결판을 내려고 야단을 했다. 그러나 여자가 지나가는 것을 보면 그는 즉시 카드를 내팽개쳤다.

운명의 신은 그에게 익은 토마토 빛과 같은 얼굴색을 베풀었고 조그만 눈은 빤짝거렸다. 목은 너무 짧아서 양 어깨 사이에 쑥 들어가 있었다. 철도청 제복은 그에게 유리하지 않았다. 허나 그는 퇴짜나 조소를 끈기 있게 참아 낼 줄 알았다. 그래서 그는 우둔하고 호색적인 남성의 확신을 갖고서 찍은 여자를 노렸다. 그리 되면 행운은 언제든 찾아오는 것이었다!

그는 숫처녀들을 따라다니느라고 시간을 낭비하지 않았다. 그 같은 어린애 놀이에는 젊은 녀석들이나 시간을 낭비하는 것이다. 그런 것은 어림도 없지. 서른부터 마흔까지의 계집들, 그 계집들이야 말로 바로 그에게 어울리는 축이었다. 조그만 여자, 뚱뚱한 계집, 혹 삐빼 마른 여자, 금발 또는 갈색 머리 여자, 요리사든 젊은 하녀든 청소하는 여자든 간에, 아! 그는 너무 가까이서 계집들을 자세히 보지 않았다. 그로 말할 것 같으면 '사랑놀이를 하는 데 있어서 중요한 것은 같이 자는 것밖에 없다!'는 것이었다. 여자들이 추하게 생겼다거나 더러운 옷을 입었다거나 나아가서는 성격이 음탕하다는 그러한 사실이 그를 위협하느냐 하면 그렇지도 않았다. 그는 '아무도 원하지 않는 버려진 여자들'로 만족했다. 그리 되면 연적을 만날 위험도 없고 여자 때문에 발목 잡혀 꼼짝달싹 못할 일도 없는 것이다. 그는 일주일에 한 번씩 면도를 하고 옷을 갈아입었으며 1년에 하루도 빠짐없이 기름때가 묻은 철도청 제모를 눈 위까지 푹 눌러쓰고 있었다.

'비번인 날'이 되면 그는 계집이 나타나는 것을 숨어서 기다렸다. 복도 구석이나 층계참, '화장실'의 출구에 잠복하였다. 그는 자기가 공격할 수 있는 틈을 잘 계산해 둔다. 여자가 그의 앞을 지나간다. 그러면 어둠 속에서 불쑥 나타나서는 길을 딱 막으며 말하는 것이었다.

"이것 봐! 키스를 해야 지나갈 수 있어."

대개는 언제나 그가 이겼다. 이 복도에서 몇 번이고 이런 식으로 인연을 맺었던 것이다!

피해자가 결혼한 여자인 경우에는 저녁때 카드놀이나 하자고 그 여자의 남편을 아래층 가게로 초대한다. 세 사람이 유쾌하게 테이블에 둘러앉으면 미마르는 무슨 대영주처럼 의젓한 태도로 술잔을 한 차례 돌리는 것이었다. 옆에 앉은 여자를 할끔할끔 보면서 팔꿈치로 슬금슬금 건드리다가 흥분해서는 마침내 발끝으로 여자를 건드리면서 "오늘 저녁은 끗발이 영 나쁜데." 하며 카드 상대를 보고 말하는 것이었다.

그러나 노름은 어떻게 되든 상관이 없었다. 여자 냄새, 달콤한 여자 냄새가 그를 취하게 했다. 음탕한 이미지들이 그의 눈을 어지럽히고 혈기가 얼굴에 치밀어 올라오는 것이다. 그는 셔츠를 풀어 헤치면서 수하물 짐꾼의 단단한 목덜미를 보여 주었다. '노름에 재수가 나쁘면 계집질에는 복이 트이는 법이야.' 하고 그는 생각하는 것이었다.

보로비치의 아내가 그의 유혹에 걸려들었다. 그녀의 남편이 집에 없는 어느 날 미마르와 데이트를 약속했다. 그녀는 문에다 귀를 대고 그가 오는 것을 기다렸다.

10시가 됐다. 미마르는 슬리퍼를 신은 채로 조용히(여기서는 호기심 많은 사람들을 조심해야만 한다.) 복도 안으로 들어가서 3호실 문 앞에 닿자 잔기침을 한 번 한다. 문이 열린다.

이 3호실은 그에게 다른 사건 하나를 회상시켜 준다. 그 당시 만나던 상대는 생선 가게 여자였다. 그 계집은 혈색이 불그레하고 뚱뚱하게 살이 쪘었는데 보로비치 부인은 그와 반대로 빈대처럼 납작하게 생겼고 천하다. 미마르는 의자에 앉는다.

"잡년 르네가 말이야." 하고 그는 툴툴댔다. "그 계집애가 청소를 하고 있잖아? 그래서 눈에 띄지 않게 화장실에 숨어 있어야만 했어……. 언젠가 그 계집애를 내쫓도록 해야겠어!"(르네는 늘 그를 거절했던 것이다.)

"우선은 술이나 한잔 들어요." 하고 보로비치 부인은 대답했다.

그녀는 적포도주 잔을 그에게 건네주고 이어 눈을 반들거리면서 남자의 무릎 위에 앉았다. 그는 그녀를 주무르며 꼬집다가 보라색 입술로 그 여자의 입술을 짓누르는 듯 키스를 했다. 별안간 여자는 남자의 팔에서 빠져나와 이중 커튼을 내리러 갔다.

"괜찮아, 아무도 보지 못해." 하고 그는 말했다.

그는 대낮도 두려워하지 않았다. 일어서서는 셔츠 바람으로 좀 더 움직이기 쉽게 바지의 멜빵을 벗어 버렸다. 그러고는 여자의 몸을 얼싸안고 쿵! 소리를 내면서 그 더러운 시트 위에 보기

좋게 쓰러뜨렸다. 여자는 긴 숨을 내쉬었다. 그는 당황해서 못이 박인 손으로 여자의 입을 틀어막았다.

"닥쳐, 르네가 옆방에서 일을 하고 있다니까."

······미마르는 가슴을 내놓은 채 녹초가 되어 일어났다. 그는 창가에 다가갔다. 자동차들이 강기슭으로 내려오고 저 아래 라투슈 집에서는 마차꾼들이 마차에 짐을 싣고 있었다. 그의 가슴은 시원하게 부풀어 올랐다.

"나야 편안하게 살지."

그가 계집에게 눈길을 던지면서 중얼거린다.

그러고는 테이블 가까이 가서는 1리터짜리 '적포도주 병'을 잡고 철철 넘치게 가득 잔에다 따랐다.

9

르쿠브뢰르는 아직도 술장사에는 풋내기였다. 그는 한잔 들라고 싫증나게 구는 손님이나 늦게까지 카운터에 붙어 있는 취객들을 떨쳐 버리는 재주를 알지 못했다. 매일 저녁 문 닫기 전이면 술 취한 마차꾼 아니면 하역 인부가 찾아와서 자리를 잡는 것이었다.

"여봐요, 손님! 이제 돌아가서 주무세요."

"……딱 한잔만 더, 주인."

르쿠브뢰르는 한숨을 쉬고 의자들을 치우고 손뼉을 두드리곤 하였다. 드디어 그는 화가 치민 태도로 말했다.

"시계를 봐요. 빌어먹을! 밤 12시예요!"

술꾼은 카운터에 기댄 채 타일 바닥에 가래침을 뱉으며 독백을 계속했다. 르쿠브뢰르는 귀찮은 일이 생길까 봐 걱정이 돼서 작전을 바꾸었다.

"다 가고 괭이 새끼 한 마리 찾아볼 수 없어요……. 자, 내일 아침 일찍 오세요.”

그는 취객을 바깥으로 내보내고는 마치 위험한 것에서 막 빠져나온 것처럼 서둘러서 문을 닫아 버리는 것이었다……

르쿠브뢰르는 가능한 술을 먹지 않으려 했다. 아페리티프 몇 잔에도 정신이 얼얼해져서 일을 할 수 없게 되었기 때문이다. 그러나 단골손님들의 기분을 상하게 하지 않고 장사를 망치지도 않으면서 손님들이 권하는 술을 사양하려면 어떻게 해야 한단 말인가? 그래서 그는 시럽으로 도수가 낮은 가짜 술을 만들었다. 불행히도 손님들은 그가 카운터 밑에서 그 병을 끄집어내게 놔두지를 않았다. 그런 경우에 있어서는 손님들이 농담만으로 그치지 않았다. “이봐요, 버찌 꼭지나 앵무새 오줌을 당신보고 마시라고 하지는 않았단 말이오.” 르쿠브뢰르는 불평을 하면서도 양보를 하고 마는 것이었다. 그리고 이번엔 제 차례로 또 ‘한 잔해야’만 했다. 그래서 그는 마지못해 단숨에 쭉 들이켜는 것이었다. 그러자 손님들은 깜짝 놀랐다. 아! 이런 손님들이 자기처럼 술집 주인 자리에 앉았었더라면!

매주 토요일 큰 카드 노름판이 벌어지면 르쿠브뢰르 역시 술이 거나하게 취하고 말았다. 루이즈는 옆에서 남편이 술 마시는 것을 슬픔에 잠겨 바라보았다. 허나 그녀는 아무 말도 않고 생각했다.

‘장사야, 장사를 하려면!’

여러 가지 모든 실망을 되씹어 보았다. 지저분한 집 안은 구역질이 났다. 그녀는 방들을 하나 하나씩 깨끗이 하였으나 구테 부인의 게으름 덕에 더러워진 집을 깨끗이 하려면 1년쯤은 걸릴 것 같았다. 그녀는 그 일들이 힘에 부치는 것을 느꼈으며 이제는 자기가 예전처럼 알뜰하고 자상하지 못했기 때문에 번민했다. 숙박인들의 무사태평주의에도 마음을 쓰지 않고 이겨 내야 했다. 아무리 애를 쓰고 노력을 해도 소용이 없는 사람들이었던 것이다.

두 달 전부터 숨 쉴 때마다 몸속에 괴로운 아픔을 그녀는 느꼈다. 그러나 겉으로는 아픈 티를 내지 않았다. 하루 온종일 아픔을 누르고 있었던 것이다. 그러나 저녁때 가게 안에 소란스럽게 자리 잡은 손님들의 거리낌 없는 짓에 지쳐 버린 그녀는 부엌 구석으로 몸을 피했다. 그리고 신음 소리를 내지 않기 위하여 입술을 악무는 것이었다. 그녀는 병을 감추기 위하여 자신의 모든 자존심, 즉 시골 여인네의 자존심을 거는 것이었다.

……어느 날 아침, 무릎을 꿇고 호텔 문 입구를 물로 씻고 있자니까 고통스러운 신음 소리가 터져 나왔다. 그녀는 신음하면서 방으로 들어와선 의자 위에 주저앉고 말았다. 숨을 내쉴 때면 얼굴이 고통스럽게 일그러지곤 했다.

르쿠브뢰르는 미칠 지경으로 놀라서 일을 팽개쳐 버리고는 의사를 부르러 달려갔다.

루이즈는 늑막염에 걸린 것이었다. 즉시 바늘로 체액을 뽑아 내지 않으면 안 되었다…….

침대에 드러누워서 그녀는 잠잠히 아픔을 견뎌 내고 있었다. 그녀가 이겨 낼 수 없는 그 병은 그녀의 힘을 뺏고 말았다. 때때로 그녀는 아무 장식 없는 벽과 창을 바라보곤 했다. 그러고는 이중 커튼을 걸어 놓았으면 좋았을 것을 그렇게 안 해서 실수를 했구나 하고 혼자 생각했다. 그녀는 자기가 호텔에서 해 온 일을 생각했던 것이다. 그러면서 때때로 미소를 띠고 옆에 있는 아들에게 말하는 것이었다.

"내가 몸을 돌보지 않고 무리를 했구나."

일종의 자랑기가 그의 고달픈 얼굴을 빛나게 하였다. 르쿠브뢰르는 아내에게 새로운 소식을 전해 주기 위해서 가끔 가게에서 빠져나와 아내 곁으로 오곤 하였다. 그 소식들은 언제나 좋은 것이었고, 특히 르네가 만족스럽게 일하고 있다는 말을 듣고 나면 그녀는 마음을 놓고 몇 시간 동안 푸근히 자는 것이었다.

일주일 후엔 제법 일어나서 일을 할 수 있을 것 같은 생각이 들었다. 여기저기 흐트러진 것, 헐어 버린 것, 거기다 먼지들을 치워 버리려면 몸 돌볼 틈이 없을지도 모른다.

그러한 걱정은 침대에 누워 있는 그녀에게서 떠나지 않았다. 그녀는 르네가 와서 집안일에 대해 말해 주는 것을 좋아했다. 왜냐하면 집안의 자세한 일에 대해서 남자들은 전혀 모르기 때문이었다. 르네는 그녀에게 모든 것을 보고했다. 루이즈는 기쁨을 누르고 그 말을 듣곤 했다. 그러고는 주인답게 호텔을 새롭게 꾸미는 것 같은 작업들을 지휘했다.

"28호실 시트를 바꿨나? ……아주 더럽더군……. 28호 사람은 아주 지저분해……. 내일은 복도를 물로 씻어 줘요."

남편이 말참견을 하려 했으나 그녀는 듣지 않았다.

"우리에게 맡겨 줘요. 모든 것을 엄격히 다루어 놔야 돼요. 아! 내가 없으면 어떻게 될는지……."

그녀는 방긋 웃었다. 숙박한 손님들이 병문안을 오기도 했다. 어떤 이들은 꽃까지 들고 왔다. 이러한 친절의 표시는 그녀를 꽤 감격스럽게 하였다.

드디어 그녀는 더 참을 수가 없었다. 침대에 '꼼짝 말고 누워'

있으라는 의사의 권고에도 불구하고, 즐거움과 걱정에 갈팡질팡하면서, 그녀를 억제하지 못하는 남편의 불안한 표정에도 불구하고, 루이즈는 일어나고 말았다.

루이즈는 먼저 부엌을 돌아보았다. 어둠 속에 냄비들이 하늘 위의 유성들처럼 반짝거리며 걸려 있었다. 익숙한 솜씨로 먼지가 있나 없나 하고 손끝으로 가구 위를 쓸어 보았다. 그러고는 "아주 깨끗한데." 하고 얼굴을 붉히는 르네에게 말하는 것이다.

가게 안으로 들어서자 밝은 빛에 눈이 부셨다. 술 마시는 손님들이 카운터 주위에 둘러서 있었다. 모두가 다 아는 사람들이었다. 그녀는 친구들에게처럼 모든 사람에게 악수를 교환하는 것이었다.

쥘로가 외쳤다.

"아! 아주머니, 당신 우리 모두보다 더 오래 살겠어요!"

이 떠들썩함 속에서 그녀는 오래된 습성을 되찾았다. 카운터 위에서는 남편과 아들이 그녀에게 미소를 던지고 있었다. 운하의 생기 있는 물소리는 자신의 병을 한때의 악몽처럼 날려 보내는 것같이 생각되었다……

루이즈는 그대로 이틀 동안 참다가 더 참지 못하고 르네와 함께 방 청소를 하기 시작했다.

10

　토요일 대청소를 하는 어느 날이었다. 르네는 무릎을 꿇고 방을 물로 닦고 있었다. 그녀는 때때로 손을 멈추고 숨을 쉬었다. 그러고는 맥없이 또 일을 하는 것이었다.

　"몸이 불편해?" 하고 루이즈는 말했다.

　르네는 머리가 아프고 현기증이 난다고 대답했다. 장롱의 먼지를 털면서 루이즈는 르네를 훑어보고 '저애가 몸이 신통치 않아 보여.' 하고 생각했다.

　르네는 일어나서 침대를 잡아당기려고 했다. 그러나 너무 힘에 부쳐서 그만 맥이 빠져 신음 소리를 내면서 손으로 배를 누르는 것이었다.

　루이즈는 걱정이 돼서 물었다.

　"이봐요, 어디가 아파?"

　르네는 대답을 하지 않고 벽에 등을 대면서 머리를 숙이는 것이었다. 그러더니 별안간 수척해진 자기 얼굴을 두 손으로 가리곤 흐느껴 울기 시작했다.

루이즈는 옆으로 가까이 갔다. 그녀의 태도는 어머니 같은, 꾸밈이 없고 모든 것을 다 이해해 주는 그런 태도였다. 그러나 르네는 꽁무니를 뺐다. 르네의 앞치마 끈이 풀리자 그때서야 루이즈는 비로소 처음으로 자기 집 가정부의 배가 이상하다는 것을 깨달았다. 그들의 눈이 서로 마주쳤다. 르네는 눈길을 아래로 떨어뜨렸다.

잠깐 동안 아무 말도 없이 조용히 있다가, 루이즈는 낮은 목소리로 물었다.

"왜 나한테 감추고 있었어? 걱정할 거 조금도 없어요. 여기서 내쫓을 사람은 없을 테니까."

그러고는 다정한 목소리로 "창피할 것 없어. 의당히 있을 수 있는 일인걸……. 트리모는 르네와 결혼할 예정이지?" 했다.

그녀는 머리를 저었다. 바로 결혼이 문제인 것이다! 이제 피에르는 그녀를 사랑하지 않는다. 그래도 그녀는 그의 마음을 끌기 위하여 온갖 것을 다 생각해 내었다! 식당의 음식이 입에 맞지 않았기 때문에 그녀는 매일 저녁 그에게 맛있는 음식을 마련해 주곤 했다. 그녀의 피에르는 입이 고급이었던 것이다! 어떤 때는 레몬을 탄 따뜻한 포도주를 갖다 주거나 가게까지 내려가서 럼주를 사다가는 그로그를 만들어 주곤 했다. 피에르는 겨울이 되면 '만취해서' 자는 것을 좋아했기 때문이다.

그녀는 피에르를 요구가 많고 까다로운 사람으로 만들고 말았다. 동거 생활은 남자의 마음을 시들게 하는 것이다. 피에르는 그녀에게 사랑의 말을 전혀 하지 않았다. 일요일이 돼서 예전처럼 함께 산보를 했으면 하고 그녀가 바랄 때는 그는 거절하고 카드놀이를 하러 가는 것이었다. 그럴 때면 그녀는 나가 버리는 그의 모습을 눈물을 머금고 바라보았다.

그녀는 자기 생활비를 충분히 벌었고, 이제는 자기 애인의 짐이 되지는 않았다. 그와 반대로 얼마의 팁을 제하고는 자기 월급 전부를 그에게 줬다. 월급을 받는 저녁에는 피에르의 기분도 좋아졌다. 그녀는 어린 계집아이처럼 그의 무릎 위에 와 앉는다. 그러면 그는 그녀가 바치는 돈을 그녀의 옷 가슴 속에서 꺼내기로 되어 있는 것이다. 그녀는 깔깔 웃으면서 말했다. "더 밑으로, 좀 더 밑으로. 됐어, 이젠 거의 찾아냈어……. 그건 누구 것이지?"

여자는 남자의 목덜미에 몸을 던졌다.

"그것은 내 피에르의 것이지!"

여자는 남자의 입술을 물고 빠르게 키스를 퍼부으면서 귀에 대고 속삭이는 것이다.

"물어뜯어 버렸으면."

트리모는 그러한 격정에 약간 얼떨떨해하면서 제 주머니 속에 돈을 집어넣고선 그녀를 애무해 준다. 흥분해서 가슴이 두근거리는 그녀를 그는 침대에다 안아 뉘어 놓는다. 그녀는 사랑의 즐거움과 착실하고 달콤한 생의 즐거움들이 연결된 듯한 일종의 환상 속에 몸을 내맡기고 마는 것이다.

돈이 떨어지면 트리모의 기분은 금세 우울해졌다. 그러면 르네는 마치 구걸이나 하는 것처럼 그의 키스를 바랐다. 하지만 그는 오로지 소리치기 위해서만 입을 열었다.

그는 매일 저녁 나가서 친구들과 빈들거리고 돌아다녔다. 그녀는 그의 교제에 질투를 느끼지 않았다. 거기에다 그녀는 그가 나가지 못하도록 막을 수도 없었다. 그녀는 방에 홀로 남아서 지난 일들을 생각했다. 애인 트리모 생각, 그리고 모든 것이 그들을 갈라놓는 그와의 동거 생활 같은 것을 생각했던 것이다. 버젓이 결혼을 하고 사는 여자들이 그녀는 부러웠다. 그녀에게는 그리 되기에 무엇인지 부족한 것이 있는 것이다. 일에 시달려 쌓인 피로와 그녀의 나이는 벌써 얼굴을 움푹 패게 했다. 그녀는 시커멓고 꺼칠꺼칠하게 터진 자기 손을 바라보며 "나는 너무 못생겼어." 하고 한숨지었다. 마침내 '자명종 시계'에 마지막 눈길을 던진 후에 그녀는 잠자리에 드는 것이었다.

어느 날 그녀는 트리모가 그러하듯이 자신의 월급을 자기가 간수하기로 결심했다. 그것은 큰 싸움의 원인이 되고 말았다.

"그래, 이 고약한 것아. 궁핍 속에서 너를 끌어내 준 보답이 이 꼴이야!" 하고 피에르는 외쳤다. 그러고선 그녀의 따귀를 사정없이 후려치고 방문을 후닥닥 닫고 나가 버렸다. 르네는 욕먹는 데에는 습관이 되었다. 그녀는 아무 소리 않고 남자가 때리는 대로 맞았다. '인생이란 이런 것이지.' 하고 여자는 체념하는 것이었다.

임신을 했다는 소리를 들었을 때 트리모는 대단히 화가 났다. 이 나이에 여자에게 얽매여 꼼짝달싹 못하게 되다니 말이 되냐 말이야. 천만에! 하여간 그것은 그렇고, 그가 처녀인 그 여자를 따먹은 것은 아니었다. 그러니 그 여자를 걷어차 버린다면?

이러한 위협적인 생각은 남아 있는 그들의 행복을 뿌리째 뽑아 버리는 것이었다. 지난 싸움들을 생각나게 하는 방에서 르네는 불안해서 잠을 잘 수가 없었다. 피에르는 벌써 얕은 잠이 들기 시작했다. 둘 사이에 깊은 웅덩이가 팬 것 같은 생각이 들자 르네는 자기의 온 마음을 다 바친 소리를 입 밖에 내지 않을 수 없었다.

"피에르, 무슨 생각을 하고 있어? 말해 줘……. 아! 당신은 이제 나를 사랑하지 않는구나."

"허튼소리 하지 마, 듣기 싫단 말이야. 졸려 죽겠어."

그러고는 몸을 돌리고 여자에게 등을 보이는 것이었다. 르네는 흐느껴 울며 베개에 얼굴을 묻었다. 큰 바람에 날려가듯 환상들이 한 조각 한 조각씩 날아가 버리고 마는 것이었다. 그러고는 낮에 하는 일들을 생각했다. 복도를 물로 닦고, 더러운 시트와 수건을 갈고, 배가 빠질 듯이 무거운 물통을 질질 끌고 쩔쩔 매는 자신의 모습이 눈에 어렸다. 끝이 없는 일이었다. 그런데 신세 한탄이라도 하면 트리모는 되게 쏘아붙이기 일쑤였다. 그는 마치 짐승처럼 행동했다. 그는 그 여자를 걷어차 버릴 태세를 갖추고 있었던 것이다…….

어느 날 저녁 그는 돌아오지 않았다. 걱정이 돼서 그녀는 부근 거리의 선술집들을 다니며 두루 찾아보았다. 상점들은 하나하나 문을 닫았다. 트리모의 친구들은 그녀를 위로하려고 했으나, 그녀는 들으려 하지 않았다. 그녀는 탕플 거리까지 올라가 봤으나 인적 없는 적적한 강둑을 따라 되돌아오고 말았다. 비가 내렸다. 그녀는 추워서 벌벌 떨었으며 죽도록 슬펐다. 그녀는 제방으로 돌아와서 새벽까지 사랑하는 사람이 돌아오기를 기다렸다.

7시쯤 돼서 한 남자가 그녀를 찾아왔다. 트리모가 급한 일로 지방으로 떠났다고 했다. 그래서 그의 가방을 찾으러 왔다는 것이다.

"거기에 오랫동안 가 있는대요?" 하고 르네는 물어 보았다.

"글쎄요, 전 모르겠습니다. 빨리 주십시오." 하고 그는 대답했다.

그녀는 가방을 정리해 주었다. 그녀는 남자의 옷을 꽉 쥐었다. 그 옷에서 트리모의 체취를 맡았으며, 애인의 모습을 보았던 것이다……. 가방을 다 정리하자 그녀는 중얼거리며 말했다.

"그이에게 말해 주세요……. 돌아오라고요."

그러고는 맥없이 침대 위에 쓰러졌다.

그 며칠 후 르네는 복도에서 젊은 기계공인 사케를 만났다.

"이봐, 르네 씨. 이젠 과부가 된 거 아냐."

그러고선 그 여자에게 덤벼들었다.

"그 나이에 독신으로 산다니, 그럴 수 없어……."

르네는 얼굴 위로 뜨거운 입김이 지나가는 것을 느꼈다. 남자는 두 팔로 여자의 허리를 휘감았다. 그녀의 머리가 뒤로 젖혀졌고 모든 것이 뒤집히는 것 같았다.

사케는 자기 방문을 열고 복도를 한번 훑어보았다. 아무도 없었다. 그러자 그는 르네를 침대가 있는 쪽으로 끌고 갔다.

11

봄이 왔다. 어느 일요일, 가게를 물로 깨끗이 청소하고 난 다음이었다. 더위가 가까워짐을 느낀 르쿠브뢰르는 '테라스를 밖에 내기로' 마음을 정했다. 호텔·포도주·리큐어라고 붉은 글씨로 씌인 천으로 된 커다란 차양 밑 인도에 큰 둥근 탁자 네 개와 의자 여덟 개를 나란히 놓기로 했다.

르쿠브뢰르는 담배를 입술 한 귀퉁이에 피워 물고 부근 거리를 빈둥거리며 왔다 갔다 하는 것을 즐겼다. 마차가 드나드는 대문 하나가 레스토랑 쇼프데셍즈로부터 호텔을 분리하고 있다. 레스토랑을 지나면서 그 속에 있는 바니시를 칠한 테이블과 등의자를 바라보고는 그랑즈오벨 거리로 나간다. 그리고 그는 트라바이유 서점 진열창에 진열된 서적들을 훑어보러 가는 것이다. 산같이 쌓인 책들, 붉은 표지로 된 소책자들, 그 책들의 한가운데에는 레닌의 초상화가 자리를 잡고 있다. 르쿠브뢰르로 말할 것 같으면 정치에는 전혀 상관하지 않는다. 그는 발걸음을 되돌려서 맞춤 구두들을 만드는 마르세유 태생 주인의 구둣방인 '마리위스네' 진열창에 꾸며 놓은 스포츠 사진들을 바라보는 것이다. 그러고는 이발사인 마르셀과 칠장이 세뤼티에게 인사를 하고선 아주 조용하게 비샤 거리에 닿자 거기서 새로 담배를 하나 꺼내 불을 붙인다. 길 구석에 있는 선술집이 장사가 잘 되나를 알아보고자 슬쩍 넘겨다 보곤 그는 다시 계속해서 걷기 시작했다. 언제나 똑같은, 조용하고 잠잠한 산보였다. 그는 '예수 그리스도 때 창립된 것'이라고 하는 생루이 병원의 기슭을 밟으며 걷다가는 제마프 둑으로 되돌아오는 것이다.

운하 기슭에는 낚시꾼들이 세탁선과 같은 높이에 각각 좋은 자리를 잡고 있다. 르쿠브뢰르는 발을 멈추고 서서 구경을 한다. 날씨가 좋다. 풍경이 아주 흥미롭다. 여기저기 마로니에 꽃이 피었고, 큰 나무들은 거룻배들에게 인사를 하기 위해 심긴 듯 보인다. 뱃사공들이 떠들썩하게 소란을 떨고 그들 한가운데서 쥘로가 목이 쉬도록 떠들어 댄다. 약간 위쪽에 산처럼 쌓인 모래, 석재 더미와 석탄 덩어리들, 시멘트 부대들이 부두를 뒤덮고 있다. 선개교(旋開橋) 위에는 차들이 왔다 갔다 한다.

공장들, 차고들, 멋진 철교, 짐을 싣는 덤프차, 그런 것들로 이뤄진 풍경, 그리고 운하의 활발한 모든 움직임은 르쿠브뢰르를 즐겁게 해 준다. 그는 그곳에 머물러 서서 멍하니 하늘을 쳐다보며 자유와 맑은 태양을 즐기는 것이다.

그는 거룻배를 끌고 오는 아실을 보았다. 묘한 친구야! 항상 취해 있으니. 서커스 재주꾼 같은 위험한 그의 걸음걸이를 보면서 '술주정꾼에게는 하느님이 따로 있는 모양이야. 저래도 그는 결코 물에 빠지지 않거든.' 하고 르쿠브뢰르는 생각한다.

작은 공원이 수문을 둘러싸고 있었다. 르쿠브뢰르는 세탁하는 여자들과 낚시꾼들을 보는 것에 진력이 나면 그 공원에 가서 쉰다. 그곳에 가면 마음이 편해지고 정신이 가라앉는 것이다. 그는 벤치 위에 가서 앉는다. 그의 뒤에는 감시 초소가 우뚝 솟아 있다. 깃발과 구멍대로 장식된 입체적인 사각형 감시 초소다. 그는 한동안 깨끗하게 바니시로 단장한 거룻배들을 바라본다. 하지만 그는 얼마 안 가서 석양의 금빛에 물드는 자기 호텔의 정면으로 늘 시선을 돌리는 것이다.

그제야 르쿠브뢰르는 자기 가게로 돌아간다.

날씨가 좋은 때엔, 북호텔의 숙박인들은 빨리 저녁을 먹어 치우고서 테라스로 내려와 시원한 바람을 쐬는 것이다. 의자 여덟 개가 금세 채워진다. 르쿠브뢰르는 가게의 모든 의자들을 꺼내야만 했다. 그는 한쪽 손에는 얼음 통을 들고 다른 손에는 맥주병을 들고 왔다 갔다 하며 여러 손님들의 변덕을 만족스럽게 받아 줄 태세를 갖추고 있었다.

"주인! 디아보로 한잔 주세요!"

"비텔카시스, 미밀!"

무덥고 기나긴 하루 노동을 끝마친 다음에 노상 테라스에 나와서 한잔 마시는 것은 나쁘지 않은 일이다. 저녁때가 되면 발미 둑 가의 오래된 집들 뒤로 해는 뉘엿뉘엿 기울고 소란스러운 차 바퀴의 소리들도 점점 수문의 시원한 물소리로 바뀌고 마는 것이다. 가로등이 켜지고 작은 공원 안에서는 젊은 남녀들이 서로 껴안고, 늙은 부인들은 개를 데리고 산보를 하는 것이다. 운하의 검은 물 위에서 별들이 빤짝거린다. 대기는 맑았고 외곽 도로에서 불어오는 돌풍은 도시의 속삭임을 실어오고 있다.

라투슈가 마차 여섯 대에 말을 달도록 하는 것은 바로 이때쯤이다. 더럽고 털이 많은 '마부'가 마구를 가지고 나타나는 것이다. 그는 말에게 가죽으로 된 굴레를 씌웠다. 그리고 마차와 연결한 긴 대 사이에 말을 밀어 넣는다. 그의 동작 하나하나가 그의 힘에 부친 것을 알 수 있고 나이가 들어 어깨가 무겁게 느껴진다는 것도 알 수 있다. 드디어 마차꾼들은 자리에 올라앉고 말에게 채찍질을 하기 시작한다. 이랴! 시장으로!

마부는 두 손을 늘어뜨리고 마차들이 다리를 넘어가는 것을 바라보았다. 그러고는 호텔로 향하여 발길을 옮기는 것이다.

"일이 끝났소?" 하고 한 손님이 묻는다.

마부는 알아듣지 못한 모양이다. 그는 남루한 옷을 입고 있었다. 눈 위에 푹 눌러쓴 모자는 그의 얼굴을 반이나 가렸다. 두 손을 주머니 속에 넣고 머리를 끄덕거리면서 테라스에 와서는 뚝 떨어진 한구석에 앉는 것이다.

백포도주를 그에게 갖다 준다. 그는 무관심한 표정으로 허리를 구부리고 앉아 있다. 이따금 술잔을 입에다 가져가며 앉아 있는 그는, 아무런 즐거운 표정도 얼굴에 나타내지 않고 있다.

맞은편 작은 공원에는 방랑자들이 벤치 위에 몸을 눕히고 밤을 보내려 하고 있다. 마부는 침울한 눈초리로 그들의 동작을 바라본다. 얼마 안 있어 그는 일어나 아무에게도 주의를 기울이지 않으면서 마구간으로 되돌아가는 것이다.

12

　테라스에 앉아서 '보르도 와인 한 잔'을 앞에 놓고 테이블 위에 양쪽 팔꿈치를 올려놓은 채 드보르제 영감은 마부가 사라지는 것을 바라보고 있다. 그 늙은 마부의 걸음걸이와 굽은 양어깨는 바로 자기 자신의 모습과 다름이 없었다.

　자신도 모르게 반항의 몸짓이 튀어나온다. 그러고는 몇 마디를 중얼거리는 것이다. 아냐, 그렇게 비참하게 영락한 건 아냐, 저 사람은…… 하지만 사람들은 그를 끼워 주지 않고 자신의 추억과만 같이 있게 할 뿐이다. 고독이란 것은 그를 숨 막히도록 쓰라리게 하는 것이다. 말을 하려고 입을 열자마자 "드보르제 영감, 그것은 옛날이야기예요, 당신 젊었을 때 이야기지!" 하고 들어 주지도 않는 것이다.

　그는 맥이 빠진 한숨을 내쉰다. 그의 육신은 진흙 덩어리처럼 오그라든다. 탄력 없는 살결과 표정 없고 무기력한 주름으로 덮인 그의 얼굴은 한층 더 바보처럼 보인다. 떨리는 한 손으로 그는 술잔을 입술에 갖다 댄다. 약간의 열기가 그의 혈관 속에 스며드는 것이다. 옆 테이블에서는 젊은 녀석들이 자기들의 연애 사건을 요란하게 자랑 삼아 지껄이고 있다. 그는 그 이야기들을 듣고 있다……. 그도 역시 젊은 때가 있었고 견습공 시절이 있었던 것이다.

그는 파드라뮐 거리의 인쇄소에서 일했다. 그 당시는 하루에 열 시간 노동을 하던 때로서 일 때문에 얼굴을 찡그리고 어쩌고 하는 것이 허용되지 않는 시대였다. 점심때 식당에서 식사를 했는데, 그는 급히 서둘러서 식사를 마쳐 버리곤 했다. 왜냐하면 보즈 광장의 벤치에 앉아서 친구 미쉘과 함께 담배를 한 대 피워야 했기 때문이었다. 미쉘은 드보르제가 여자 이야기를 하면 얼굴을 붉히는 자기를 재미있어하는 친구였다. 그 당시 그로 말하자면 젊은 처녀를 보기 위하여 눈을 치켜떴다고 하더라도 살짝 몰래 보는 정도였다……. 모두가 다 옛날 일들이야! 견습공 시절, 아버지의 죽음, 군 복무…… 제대를 하고 돌아와서 그는 약혼을 했다. 약혼녀는 마르셀이라는 아주 아름다운 처녀였다. 그는 벨빌 거리에서 그 여자를 자주 만나곤 했다. 어떻게 해서 자기네들이 알게 됐는지 이젠 자세히 기억할 수 없었으나, 어느 일요일 그들은 같이 외출을 했다. 단둘이서…….

드보르제 영감은 눈을 지그시 감는다. 풀 속에서, 팔에 아무 것도 걸치지 않은, 얼굴에 환하게 빛나는 젊음을 갖춘 마르셀의 모습을 눈에 그린다.

…… 그는 그녀와 결혼을 했다. 그는 매일 저녁 감탄과 감사함에 가슴을 설레면서 공장에서 일찍 돌아오곤 했다. 그런데 어느 날…….

이 생각에 다다르자 드보르제 영감은 더욱 무겁게 테이블 위에 자기 몸을 기대는 것이다. 오늘날까지도 그러한 생각은 그의 마음을 아프게 했다. 어째서 마르셀이 자기를 버리고 도망갔는지 더한층 알 수 없었다.

…… 그러자 그의 늙은 어머니가 같이 살러 왔다. 그리고 자신에게 소용없는 침울한 명절이 교차하는 몇 해가 계속되었다. 친구들이 정치 운동에 그를 끌어넣고 말았다. '그럴싸한' 메이데이에도 그때 참석을 했다. 그러는 동안에 드디어 어느 날 마리 뒤테르트르를 만난 것이다.

그녀는 젊은 과부였다. 그가 자기 어머니가 돌아가신 다음부터 언제든 식사를 하러 가던 식당에서 일하는 여자였다. 그는 매일 저녁 그녀를 만나는 것이 낙이었다. 그에게 필요한 소담하고 헌신적인 여성이었다. 그는 감히 결혼을 하자고 그녀에게 말을 하지 못하고 주저했다. 허나 그는 드디어 마음을 단단히 먹고 청혼을 했다. 마리 뒤테르트르는 "예." 하고 대답을 해 주었다. 그래서 그들은 살림을 차리고, 또다시 그들의 인생이 즐겁게 시작될 줄 믿었다. 그러나 바로 결혼한 그 해에 마리 뒤테르트르는 장티푸스에 걸려 죽고 말았다.

매주 일요일마다 그는 그 여자가 잠들어 있는 무덤에 꽃을 놔 주러 갔다. 단 5년 동안만 묘지 사용 허가가 지속되었을 뿐이었다. 어느 날 그는 무덤이 파헤쳐진 것을 발견했다. 마리의 것은 아무것도 남지 않았다……. 남아 있는 것은 이름뿐이었다…….

드보르제 영감의 입술이 부들부들 떨린다. '마리 뒤테르트르.' 그녀는 얼마나 선량하고 정력적인 여인이었던가! 그는 마치 그녀가 어제 죽은 것같이 생각되었다……. 그건 그렇고, 다른 한편으로 마르셀은 어떻게 되었는가? 어디서 살고 있는 것일까? 마르셀, 마리, 어머니…… 그게 인생이야…… 인생이란 말이야…… 아니지!

사케가 추억 속에 잠긴 그를, 어깨를 툭 두드리며 깨웠다.

"옛 일들을 생각하고 계십니까? 드보르제 영감, 자, 뭐 한잔 드시죠?"

그는 응낙했다. 저녁에 불이 켜져 드디어 밝아진 것이다. "권장! 보르도 와인 조그만 잔으로 한잔 주쇼." 외로움에서 풀려나온 그는 유쾌해졌다. 점잖게 지팡이에 몸을 의지하고서는 카드놀이를 하고 있는 사람들을 바라본다. 때때로 그는 자진해서 훈수를 둬 주곤 하는 것이다.

"사케, 내가 당신 처지라면 퀸을 내놓을 텐데!"

카드놀이하는 사람들은 그에게 박수를 보낸다. 영감이 배짱도 크지! 그럼 그는 장난꾸러기처럼 윙크를 쓱 하는 것이었다. 그는 북호텔에 자리를 잡기 전에 여기저기 가구가 딸린 아파트들을 오랫동안 전전했다. 그런데 이곳의 가족적 분위기가 마음에 들었다. 르쿠브뢰르 부부는 친절했고 카드놀이 상대가 모자랄 때는 사람들은 그를 불러 한 축에 끼워 주었다. 젊은 식자공들은 예전에는 어떻게 일을 했는지 그에게 물어보았다. 그는 바로 그러한 것, 말하자면 자기가 예전에 하던 일에 관해서는 카드놀이를 그만두고라도 자세한 조언을 해 주는 것이었다. 지금 그는 창고지기였다. 겨우 생계를 유지할 수 있는 자리였다. 그러나 불평을 해서는 안 된다, 나이가 예순다섯이니…….

드보르제 영감은 시계를 꺼내 보았다. 너무 늦었다. 내일은 휴일이 아니다. 허나 그는 다리 사이에 받침 기둥처럼 지팡이를 놓고 담배꽁초를 입술 귀퉁이에 붙여 물고 언제까지나 그곳에 남아 있고 싶어 했다. 그곳만이 참 좋은 것이다……. 다만 테라스는 거의 텅 비었고, 강둑에서도 사람들의 그림자를 찾아볼 수 없게 적적했다. 르쿠브뢰르가 말했다.

"이제 문을 닫습니다."

"일어납니다, 주인."

이것 봐, 다리에 맥이 빠져서 발을 옮길 수가 없게 됐어. 아마도 보르도를 마신 때문일 거야……. 무얼! 아무것도 못할 바에는 죽는 편이 낫지. 그는 지팡이에 몸을 의지하고 몇 걸음 걸었다.

"기다리세요! 계단 문을 열어 드릴 테니."

"괜찮소. 사지가 좀 저리기는 했소만."

드보르제 영감은 3층에 살았다. 높은 곳이다. 그는 가쁜 숨결을 내쉬느라 올라가는 도중에 자주 발을 멈춘다. 드디어 자기 방으로 왔다……. 그는 안도의 숨을 내쉬었다. 그러나 불이 반짝거리는 가게가 그리웠다. 다른 사람들의 삶은 그 자신을 잊게 해주었기 때문이다. 호텔 안은 온통 조용하다. 잠이 들 수만 있다면, 그의 온몸을 괴롭히는 고통을 더 이상 느끼지 않을 수 있다면, 얼마나 좋을까? 얼마 안 있어, 목숨을 견지하려면 없어서 안될 몇 푼 안 되는 돈조차 벌 힘도 없어질 것이다. 그렇게 되면, 뭐라고? 양로원이라고……?

13

르네는 만삭이 되었다. 흐트러진 옷주제를 하고 맨발에 터진 슬리퍼를 신고서, 그녀는 호텔 복도를 힘에 겨운 듯한 걸음으로 나다녔다. 그러한 그녀의 모습은 사람들의 웃음거리가 되었다.

"르네, 통행을 막고 있어!"

푹푹 찌는 듯한 더위는 그녀를 지치게 했다. 지난날의 아주 건강하던 모습은 찾아볼 길이 없었다. 조금이라도 힘든 일을 하면 얼굴에 땀이 흘렀다. 쉬지 않고 호텔의 세 계단을 청소하던 것은 이미 옛날이야기가 되고 말았다. 요즈음은 방들을 청소하는 것이 고작이었다.

때로는 지쳐서 손님들의 침대에 몸을 펴고 잠이 들 때도 있었다. 하지만 악몽에 시달려서 포근히 잘 수가 없었다. 르쿠브뢰르네서 쫓겨나 가지곤, 아기를 팔에 안고 운하 기슭을 방황하는 그런 꿈이었다……

마차꾼들이 외치는 소리가 별안간 그녀를 깨우고 말았다. "빨리 일을 서둘러야지." 하고 그녀는 중얼거렸다. 그러나 양쪽 다리를 늘어뜨리고 침대 가에 앉아서, 그녀는 하품을 하였다. 끈끈한 풀 맛이 그녀의 입을 끈적끈적하게 하였다. 그녀는 악몽을 훑어내려는 듯이 손으로 얼굴을 쓰다듬었다. 그녀의 눈길이 엽서 그림을 붙인 벽 위에 떨어졌다. 벌거벗은 여인들의 사진들로, 지난날 자기 애인의 주머니에서 발견했던 것과 같은 그런 사진들이었다.

그녀는 트리모를 생각했다. 그 후 여태껏 소식이 없었다! 아마도 지금쯤은 다른 여자와 살고 있을 것이 틀림없으리라! 그는 나약한 사람으로, 혼자 살 사람이 아니었다. 그녀는 그 남자를 생각하는데 질투도 증오도 일어나지 않았다. 오히려 그녀는 자신이 파리로 오도록 기회를 만들어 준 것에 대해 그에게 고맙게 생각했다.

발소리가 들려왔다. 그녀는 일어나려고 했으나, 얼떨결에 다시 나자빠지고 말았다.

"르네, 어디 있어? 제기랄, 열쇠를 갖고 말이야."

직공이 일터에서 돌아온 것이다. 벌써? 방 청소를 해 놓지 않았는데! 사무실에 가서 불평을 하는 날에는⋯⋯?

그녀는 급히 침대를 토닥거리고 걸레와 빗자루를 들고선 배를 받치며 나머지 일을 마치러 뛰쳐나왔다.

6시에야 각 방의 청소를 끝냈다. 까다로운 숙박인들은 방을 아무렇게나 치웠다고 그녀를 질책할지도 모른다. 그러나 중요한 것은 주인마님을 만족시키는 것이었다. 그녀는 가게로 내려와서 앞치마를 벗어 버렸다.

루이즈가 물었다.

"저녁을 먹어야지?"

"아니에요, 배고프지 않아요. 아주머니."

그러면서 르네는 손으로 눈을 비볐다.

"그보다 졸려 죽겠어요……."

몸 상태가 허용하는 만큼 그녀는 빨리 자기 방으로 올라갔다. 멋진 여름 저녁이었다. 운하 쪽에서 즐거운 소리들이 들려왔으나, 관심이 없었다. 그녀는 옷을 입은 채 침대에 뛰어들어서, 베개에 머리를 처박고 눈을 감아 버렸다.

한밤중에 영화관에서 돌아온 젊은 친구들이 그녀 방의 문을 두드렸다.

"르네, 같이 자지?"

그녀는 놀라서 눈을 떴다. 옷을 입은 채 자고 있는 것을 보고 스스로 놀랐던 것이다. 온몸이 저려 왔다. 그녀는 그들의 목소리를 알고 있었다. 24호, 16호, 17호의 짐승 같은 놈들이었다. 트리모에게 버림받고 난 다음에 몸을 주었던 녀석들이었다. 그녀는 창피했고, 사람들이 그 소리들을 들을까 봐 겁이 났다. 그녀는 어둠 속에서 더듬거리고 일어났다.

그녀는 지난 몇 달 동안의 일을 생각했다. 사케…… 그리고 그 외의 다른 남자들. 그녀는 남자들의 갖가지 약속에 걸려들었고, 남자들은 그녀의 맥없음을 이용했다. 그녀는 어떤 깨우침을 떠올렸다. 그 깨우침이란, 남자들이 마치 창녀처럼 자기를 쫓아냈다는 사실이었다.

이 집에서 유일하고 진실된 동정을 보인 사람은 주인아주머니뿐이었다. 루이즈는 르네를 보호해 주었고 위로해 주었으며 그녀의 잘못을 용서했다. 그래서 르네는 주인아주머니를 경건하게 사랑했다.

자기 전에 르쿠브뢰르는 배전반 위에 눈을 던졌다. 좋은 발명이었다. 이 '전등 표시기'는 어느 숙박인이 전기를 과용하는가 얼른 알아볼 수 있게 해 주었다. 자아! 모든 사람이 잠이 들었다. 새벽까지는 조용히 지낼 수가 있는 것이다.

그는 '자동 타임 스위치'를 잠그고 이불을 끌어 올렸다. 저것 봐! 르네가 불을 켜고 있어. 1시나 됐는데…… 저 애가 미쳤어!

'5분 이내로 불을 끄지 않으면 전기를 끊어 버릴 테니까.' 하고 르쿠브뢰르는 생각했다. 그는 잠이 왔으나, 자지 않고 깨어 있었다. 그는 울화통이 나서 벌떡 일어났다. 르네가 아직 불을 끄고 있지 않을 뿐 아니라, 그녀의 옆방에서도 불을 켜고 있지 않은가. 무엇을 하고 있는 거야, 둘이서 말이야? 그는 '주의를 환기시키려는' 듯이 불을 켰다 껐다 여러 번 되풀이할 참이었다.

허나 그럴 사이도 없었다.

누군가 급히 서둘러서 계단을 내려와서는 그의 방문을 두드렸다.

"주인, 빨리 올라오세요! 르네가 아기를 낳으려고 해요!"

르쿠브뢰르는 침대에서 뛰어내렸다. 그렇다고 해도 르네는 좀 더 좋은 때에 시간을 잡았다면 좋았을 터인데. 위층은 어지간히 소란스러웠다. 호텔 안의 모든 사람들이 벌써 일어나 있었다. "저 바보들은 불이 난 줄 알고 있는 모양이지." 하고 르쿠브뢰르는 바지를 주워 입으면서 투덜댔다.

숙박인들은 르네의 방으로 몰려왔다. 그들은 둘러서서 말없이 몸도 움직이지 않고, 진통 중인 여자를 바라보고들 있었다. 르쿠브뢰르는 가까이 다가갔다. 그러나 그도 역시 주저하는 것이다.

"이게 그것*이라고 확신해……?"

아무 대답 없이 르네는 찌푸린 얼굴을 그에게 돌릴 뿐이다. 그녀는 무섭고 고통스러웠다. 르쿠브뢰르는 당혹해서 문 쪽으로 고개를 돌렸다. 루이즈는 왜 오지 않는 거지?

드디어 그녀가 온다. '생루이 병원에다 입원을 시켜야겠어.' 하고 그녀는 결심한다.

"도와주세요…… 베르나르 씨, 우리 주인에게 손 좀 빌려주세요."

르네를 침대에서 끌어내린다. 그리고 옷을 입힌다. 그러나 약간만 움직여도 그녀는 아팠다. "조금만 힘을 내요."

루이즈는 말한다. 그러고는 자기 망토를 그녀의 어깨 위에 덮어 주는 것이다.

"자, 이젠 데리고 가세요."

그러고는 자기 남편에게 몸을 돌리며 "여보, 망토를 가지고 와요." 하고 말했다.

르네는 절망적인 눈길을 주변에 던진다. 그녀의 눈은 눈물에 함빡 젖었다. 그러고선 끄는 대로 몸을 내맡기는 것이다. 사람들은 여자를 팔 아래 받쳐 들고, 한 계단씩 한 계단씩 내려간다. 마침내 바깥바람이 느껴진다…….

둑 위에는 택시가 한 대도 보이지 않는다. 모든 사람들은 주저한다.

"걸어갑시다."

---

* 아이가 나온다는 뜻.

르쿠브뢰르가 말한다.

그들은 인적 없는 운하 기슭을 따라 걸어간다. 운하의 물은 시커멓고, 가로등도 대부분 꺼져 있다. 르네는 비틀거리며 발을 디딜 때마다 신음을 한다. 겨우 힘을 내서 50미터를 걸었다. 르네는 숨을 헐떡이며 좀 서 달라고 말한다.

르쿠브뢰르는 그녀에게 힘을 북돋아 주고 싶었다. 그러나 "조금만 더 힘을 써." 하고 말할 도리밖에 없다.

르네는 그에게 매달려 있다. 그들은 또다시 출발한다. 자동차 한 대가 굉장히 빠른 속도로 그들 옆으로 지나간다. 베르나르가 불렀으나, 자동차는 멈추지 않고 가 버린다. 그들은 리슈랑 거리에 닿았다. 병원은 그 거리 끝에 있었다.

르네는 눈을 감았다. 트리모와 함께 저녁때 운하 기슭을 따라 산보하던 일, 그것은 이제 먼 옛일이 되고 말았다! 그러나 더욱 쑤셔드는 아픔은 걸음을 멈추게 하고, 허리가 구부러지게 한다. 자기가 죽어 가는 것이나 아닌가 하는 생각이 든다.

14

르쿠브뢰르는 카운터에 몸을 기대고서는, 그가 겪은, 더럽게 혼난 전날 저녁 이야기를 손님들에게 말했다. "그런 일이 매일 있었다가는 야단나겠어요." 하고 그는 투덜거렸다. 그리고 "조금도 눈을 붙이지 못했어요……. 그래서 아직도 기진맥진해 있어요." 하며 하품을 억누르면서 의자에 앉는 것이었다.

그때 별안간 바깥에서 누가 불렀다.

"여보 주인! 송장을 하나 건져 냈어. 와 보세요! 일등석에서 구경을 할 거리요!"

르쿠브뢰르는 얼른 앞치마를 팽개치고 나섰다. 드보르제 영감이 가게를 지켜 주기로 했다. 호기심 많은 구경꾼들이 벌써 세탁선 앞에 떼 지어 모여 있었다. 긴 갈고리 장대로 두 뱃사공이 물 위에 둥둥 떠 있는 꺼먼 덩어리를 강기슭으로 끌어내려고 힘쓰고 있었다.

르쿠브뢰르는 여태껏 익사자를 본 일이 없었다.

'이게 송장이라는 거야? 이 헌 넝마 꾸러미 같은 것이?' 하고 그는 생각했다.

건져 올리는 것을 돕는 쥘로는 보트 위에 뛰어 올라타고서는, 몇 번 노를 힘 있게 젓더니 익사자의 팔을 잡았다. 그는 얼굴을 찡그리고서는 익사자의 다리를 잡고, 몸을 끌어 올려 보트 속에 넣었다.

"이것 봐라, 여잘세." 물 위에 퍼져 가는 그의 목소리가 고요함을 깨뜨렸다.

그는 노를 다시 잡고 둑으로 다가왔다. 사람들은 그를 돕고자 팔들을 펼쳤다. 르쿠브뢰르는 들것의 발치에까지 용케 끼어 들어갔다. 사람들은 물이 질질 흐르는 시체를 들것 위에 올려놓았다.

젊고, 퉁퉁 불은, 개흙이 묻은 여자의 얼굴이었다. 입이 비뚤어지고, 눈은 감겨 있었고, 머리는 물에 젖은 삼실 뭉치처럼 끈적거렸다. 지저분하고 꺼먼 옷이 앙상한 사지에 달라붙어 있었다. 아마 젊은 처녀인 모양이지? 신발은 입을 벌리고 있었고, 양말은 찢어져서 살결이 드러나 보였다.

"자살인 모양이지?" 하고 누군가 물었다.

"제기랄! 아, 여름이 되면 매일같이 익사자를 끌어 올린다니까." 하고 쥘로가 그 말을 받아 대답했다.

"버림받은 계집애인 모양이야." 르쿠브뢰르는 입속으로 중얼거린다. 그는 르네를 생각했다.

시체를 보았기 때문에 그의 마음은 불쾌하다. 그는 외면을 하고 몸을 비킨다. 그러자 라투슈의 집에서 부르는 샹송이 머릿속에 떠오른다.

그의 뱃가죽은
하도 푸르-러
마치 시금치 같았다네.

　두 남자가 들것을 들어 올린다. 르쿠브뢰르는 그 뒤를 따라간
다. 감시 초소 수족관의 불빛이 그에게 깊은 인상을 준다. 회색
벽에는 창 하나가 뚫려 있었고, 선반 위에는 장갑, 고무장화 그
리고 병들이 놓여 있다. 문으로 마주 향한 곳에 "질식자를 살리
는 법"이라고 쓴 게시물이 걸려 있었다. 한구석에는 가스 곤로
두 개가 놓여 있다. 그곳에서는 개흙과 소독약 냄새가 진동한다.
르쿠브뢰르는 허리를 구부리고 두 손을 내려뜨린 채 땅에 내려
놓은 들것을 바라다본다. 쥘로는 시체 위에 포장 천을 덮는다.
　"이 여잘 살려 내긴 글렀어!"
　감시 초소 안에 몰려왔던 구경꾼들은 하나하나 나가 버렸다.
르쿠브뢰르도 쥘로를 따라서 마지막으로 나왔다.
　"질겁할 것 없어요, 미밀. 술이나 한잔합시다!"
　흐트러진 옷을 그대로 입은 채, 말 많은 쥘로는 카운터 앞에
서 자기의 공치사를 세세히 주절대는 것이었다.
　"그 계집애, 육신이 조각조각 산산이 부서지는 줄 알았어. 사
지가 몸에 제대로 붙어 있지를 않았거든."
　한잔 마시고 혀를 차고는 제 말을 듣는 사람을 한번 둘러본
다음 말했다.
　"수문 안에서 8일간은 잠수함처럼, 흙탕물 속을 왔다 갔다
했을 거요. 일 치고는 더러운 일이지, 뭐! …… 그래도 특별수당
이라는 것이 있으니까 다행이긴 하지만!"

그러고는 두 팔을 운하 쪽으로 뻗치고 덧붙여 말했다.

"저 속으로 말하자면 벌레투성이고…… 고양이들, 개들……
그리고 내버린 태아들, 그런 것 투성이죠. 그런 것들은 가정 쓰
레기들과 함께 비레트의 저수 탱크로부터 흘러내려 오는 것이
죠."

"헌데 생선 튀김은 왜들 사먹는거지." 하고 르쿠브뢰르가 지
적을 했다.

"뭐, 생선은 과히 나쁠 것 없어요. 2년 전 일이지만 나는 거기
서 10킬로그램이나 되는 물고기를 잡았으니까요. 그것도 주로
뱀장어였죠. 물이 새는 구멍을 검사하기 위하여 저수 탱크를 비
웠을 때의 일을 알고 계시죠? 그 수채 웅덩이 같은 데서 자질구
레한 것들을 끄집어냈죠! 여러 개의 들통에 가득 찬 신발이랑
헌 고무 타이어…… 거기다가 접이침대까지 있었다니까요! 장화
를 신고 그 흙탕물 속을 왔다 갔다 하는 우리들의 꼴은 볼만했
죠! 개흙이 무르팍 위까지 올라왔으니까요. 게다가 냄새란! 당신
은 코담배 냄새를 말하겠지만 그게 아니에요……."

그러고는 담배를 말면서 덧붙였다.

"무엇보다 중요한 것은 운하를 청소하는 일이죠. 그걸 그대로
놔두면 얼마 안 가서 배가 다니지 못하게 될 거예요. 여름 나절
에, 찌는 태양에 그 썩는 냄새는 생각지 않더라도 말입니다…….
참! 정말, 지나가는 사람들은 그런 것은 통 생각지 않고 미끄러
질 듯 흘러가는 거룻배들만 바라보거든. 풍경이 멋지니까. 허나
강기슭에 사는 사람들에겐 모든 것이 아름답다고만 생각해서는
안 되죠……."

"만약 운하가 말을 할 수 있다면." 하고 한 손님이 말하였다.

"많은 이야기를 할 수 있을 거야!"

쥘로는 어깨를 움찔했다.

"사람들은 그런 것에 길들어." 그러고선 빈 술잔을 놓는다.

"안녕히들 계세요! 아직도 그 여잘 시체 공시장에 보낼 일이 남아 있어요. 운반차에 시체 올리는 걸 도와줘야 되니까."

저녁이 되었다. 르쿠브뢰르는 눈앞에 펼쳐진 운하의 크나큰 한 모퉁이를 바라보고 있다. 수문으로부터 물이 떨어지는 소란스러운 소리가 들려온다. 물에 빠져 죽은 여자 생각이 오후 내내 머리에서 떠나지 않는다. 밤이 된 지금도 역시 그것을 생각하고 있다. 그리고 르네의 일도 같이 생각하는 것이다.

"한 바퀴 돌고 오겠어." 하고 아내에게 말했다.

여태껏 한 번도 그는 해 진 다음에 산보하려는 의욕을 가져 본 적이 없다. 그는 선개교(旋開橋)를 건너서 둑으로 거슬러 올라간다. 물은 잔잔했고 잠잠히 배를 잔뜩 불린 거룻배들은 마치 짐승들처럼 가지런히 떠 있다.

그는 천천히 걸어간다. 드러누워 있는 사람을 우회한다. 그 사람은 시멘트 포대를 베고 잠을 자고 있다. '거지'인 모양이다. 발미 둑의 양로원은 저쪽에 있다. 마치 병영처럼 침침하고 장식이라고는 없는 집이다. 어깨를 쭈그리고 가슴을 웅크리고 그 사람들은 걷는다. 그 늙은이들은 저 라투슈 집의 마부처럼 그들의 여생을 고된 일을 하며, 질질 끌면서 보내고 있다. 하나씩 하나씩 그들은 등을 구부리고 그 양로원의 문을 넘어 들어가는 것이다.

'그렇지만 그곳이 다리 밑보다는 훨씬 낫지.' 하고 르쿠브뢰르는 생각한다.

사랑을 속삭이는 연인들이 모래더미 위에서 껴안고들 있다. 그는 그들의 키스와 달콤한 속삭임들과 뜻밖에 마주친다. 그는 발을 멈추고 한숨을 짓는다. 떠도는 사람들이 그를 가볍게 스치고 지나간다. 멀리서 고가 다리 위를 지나가는 지하철 소리가 들려온다. 그 기둥들은 어둠 속에서 자취를 감추어 알아볼 수 없다. 고가 육교 위의 지하철들은 마치 혜성처럼 하늘에 빛을 뻗쩍거리며 치달리고 있다.

　르쿠브뢰르는 되돌아온다. 그는 운하 냄새를 깊숙이 들이마시고선 거리로부터 올라오는 웅성거리는 소리에 귀를 기울인다. 불빛들이 반짝거린다. 그는 밤 속에 잠긴 거리를 한번 내리 훑어본다. 그에게는 북호텔이 그곳의 중심지같이 생각되는 것이다. 그러고선 서서히 되걷기 시작한다.

15

라투슈네 마차꾼인 늙은 샤를르는 조그마한 남자다. 그는 몸을 비틀고 너무 무거운 듯한 머리를 어깨에 구부리고 팔딱팔딱 뛰뛰듯 걸어 다녔다. 털이 지저분하게 덮인 살가죽이 뼈에 찰딱 붙은 험상궂은 그의 얼굴에서는 두 눈으로부터 교활한 시선이 흘러내리고 있었다. 그는 자기 콧수염을 스스로 '미국형'으로 잘랐다.

그의 옷은 몸에 붙지 않고 덜렁덜렁 몸에서 따로 놀았다. 그는 줄이 있는 바지 위에 군대 작업복을 입고 있었다. 그런데 그 웃옷은 외투처럼 무릎 위까지 흘러내려오고 있었다. 비 오는 날에는 각반을 다리에다 단단히 붙들어 맸다.

늙은 샤를르는 얼마 전에 시골에서 왔다. 그는 마차꾼이라는 직업을 좋아했다. 특히 마구간 뜰에 있는 말똥 묻은 지푸라기들은 그에게 보오스에 있는 농가의 일들을 생각나게 하여 그는 그것들을 좋아했다. 그에게는 야심이 있었다. 그 야심이란 마부를 내쫓고 자기가 그 자리를 차지하는 일이었다. 그래서 그는 뚱뚱한 라투슈 주위를 모기처럼 따라다녔다. 그는 라투슈에게 아부를 하고 억지로 얼굴을 찡그리거나 미소를 지으면서 아양을 떨었다. 그리고 그를 접대하기 위해서가 아니면 결코 르쿠브뢰르네로 술을 마시러 온 적이 없었다. 고정관념을 가진 고집과 광적인 욕망을 지닌, 머리가 약간 돈 인간이었다. 그리하여 어느 날 드디어 그는 목적을 달성했다. 라투슈가 마부를 내보낸 것이다.

그러자 승리에 의기양양한 늙은 샤를르의 모습이 눈에 띄었다. 옷은 지푸라기투성이가 되어서는 아침부터 저녁까지 바짝 마른 팔을 휘두르며 마당을 돌아다녔다. 그리고 그가 지나간 곳마다 엉망으로 먼지를 일으켜 놓았다. 그는 마차꾼들이 마구간에 들어오는 것을 금지했다. 그들은 자기네 말들에게 먹일 것들을 넉넉히 장만하려고 항상 먹이를 훔치러 왔던 것이다.

"당신 마차나 돌봐. 말은 내 생각대로 돌볼 테니 놔두고!" 하고 그는 외쳤다.

그는 호텔 1층과 같은 위치에 자리 잡은 창고로부터 마구간까지 무거운 듯이 몸 위에 잔뜩 짊어지고서 나른 지푸라기로 짐승의 잠자리를 마련해 주었다. 그러고는 말들을 한 바퀴 둘러보고 큰 소리로 위협했다. 그리고 '짓궂은 발길질'로 그 짐승들을 걷어차는 것을 잊지 않는 것이었다.

"이봐, 미투플! 좀 더 가까이 와."

한 대 얻어맞자 말은 펄쩍 뛰었다.

"그래? 더러운 것아. 이번에는 갈비뼈가 얻어터질 판이다……!"

그는 자기 수염을 씹으면서 더욱 강하게 내리갈겼다. 마치 원풀이를 하는 것같이 보였다. 물 먹는 터에서 말들이 물을 마시기 시작하자마자 얼마 안 돼서 그는 말들을 끄집어내고는 말채찍을 휘두르며 갈증에 목타는 말들을 사정없이 마구간으로 집어넣는 것이었다.

그는 자기 위치에 대하여 헛된 자만심을 지니고 있었다. 뚝 삐져나온 귀에까지 푹 눌러쓴 그의 '파나마 모자'라든지, 때가 꾀죄죄하게 묻은 흰 조끼, 그 조끼는 시계줄로 장식이 되었는데, 그는 가끔 그 줄을 잡아당겨 회중시계로 시각을 보았다. 그 모든 것이 그에게 자랑거리였다.

그는 팔딱거리고 뛰어다니면서 소리쳤다.

"어잇…… 어잇!"

"이봐요, 샤를르 영감. 당신 결혼식에라도 참석하쇼!" 마부들은 외쳤다.

그는 얼굴을 찡그렸다. 그러나 마차꾼들이 그런 것은 염두에 두지도 않고 여전히 야유를 하자 그는 그들에게 등을 돌리고 화를 벌컥 내고는 마구간으로 들어가 버렸다. 말채찍을 잡고는 야만스럽게 살짝 말 곁으로 다가가서는 잔인한 즐거움에 얼굴을 후들거리면서 채찍으로 내리갈기는 것이다.

점심 먹을 때가 되면 늙은 샤를르는 르쿠브뢰르네로 왔다. 루이즈는 그를 경멸했기 때문에 그의 인사에 대답도 하지 않았다. 다만 머릿짓으로 그가 앉을 테이블 한구석을 지시해 주었다. 그는 자기가 가지고 온 음식인 빵 한 조각, 돼지고기 한 점, 때로는 '특별한 요리'를 가지고 그 자리에 앉는 것이었다. 르쿠브뢰르는 그에게 술과 식기를 내어줄 따름이었다.

늙은 샤를르는 자기 주머니에서 주머니칼을 꺼내 가지고는 음식을 먹기 시작했다. 빨리 먹어 치우는 데는 포크보다도 손이 훨씬 낫다고 그는 말하곤 했다. 그는 식사 때마다 반 리터의 술을 마셨다. 음식을 다 먹어 버린 후에는 칼끝으로 잇새를 쑤시고 시골뜨기의 오래된 습관인 양 테이블 위에 흐트러진 빵 조각을 모아서 자기 주머니 속에 집어넣었다. 그러고는 행상인에게서 산 구리 반지를 낀 제 손을 감탄스러운 듯이 바라보았다. 또는 장의자 위에서 몸을 뒤틀면서 콧노래를 부르곤 했다.

누군가 그에게 "한마디 뽑으라."라고 청했다. 그는 자기가 비극배우의 재능을 지니고 있다고 믿었기 때문에 쉽게 응낙했다. 이미 가게 한가운데 우뚝 서서 눈망울을 굴리고 두 팔을 추켜올리기 시작했던 것이다. 그러자 루이즈는 참지 못하고 간섭을 했다.

"조용히 하세요. 여기는 샤랑통 정신병원이 아녜요!"

"하도록 놔 두세요, 아주머니." 하고 몇 사람이 말하였다.

"그런 원숭이 짓은 라투슈네 가서 하도록 해요!"

늙은 샤를르는 아주 낭패해서 가게를 뛰쳐나와 마구간으로 돌아왔다. 그러고는 철썩철썩 채찍 소리를 내면서, 노발대발했다.

"더러운 놈의 말! 늙어 빠진 놈의 말들!"

그러자 마구간에서는 판자를 걸어차는 말들의 무거운 발길질 소리가 들려왔다.

어느 날 저녁때였다. 르쿠브뢰르가 문을 닫으려고 하니까 웬 남자가 들어오는 것이었다. '주정뱅이로군. 빨리 내쫓아 버려야겠군.' 하고 그는 생각했다.

"주인, 붉은 포도주 한잔 주세요!"

르쿠브뢰르는 깜짝 놀랐다. 듣던 목소리였기 때문이다. 마부! 정말 그는 하도 변해서 알아보지 못할 뻔했던 것이다! 마구 난

수염이 얼굴을 뒤덮고 옷으로 말하자면 그렇게도 초라한 것을 입은 적이 없었던 것이다.

"어떻게 된 거요?" 하고 르쿠브뢰르는 그에게 손을 내밀면서 물었다.

마부는 흙투성이 모자를 뒤로 젖히면서 말했다.

"아무 일도 없어요, 쥔장!"

그는 어깨를 으쓱 올리고선 잔을 들고 예전이나 다름없이 천천히 마셨다. 르쿠브뢰르는 그를 자세히 바라보았다. 초췌한 얼굴, 슬픔에 잠긴, 그러면서도 우아한 눈……. 마부는 벌써 자기 주머니에 손을 넣는 것이었다.

"오늘은 내가 술을 낼 테니 그만두쇼." 하고 르쿠브뢰르는 말하였다.

그는 감사하다는 듯한 몸짓을 했다. 잔을 비우자 그는 기계적으로 바지를 추켜올리더니 나가 버렸다. 르쿠브뢰르는 문 앞까지 따라 나가서는 멀어지는 그의 모습을 바라다보았다. 마부는 방랑자같이 힘에 겨운 듯한, 질질 끌면서 흔들거리는 발걸음으로 제마프 둑을 따라 걸어가고 있었다. 그의 모습이 멀리 사라져 보이지 않게 되자, 르쿠브뢰르는 벽시계를 훑어보곤 여느 때완 달리 맥없이 아주 느리게 '테라스의 물건들을 거둬들이'기 시작했다.

16

갓난아기를 팔에 안고, 르네는 북호텔 가까이 왔다. 9시였다. 멀리서부터 그녀는 호텔 정면을 바라보고 다가가서는 카페의 반커튼 너머로 마음을 다져 먹고 그 속을 훑어보았다. 쥘로와 미마르가 스탠드에 몸을 기대어 있고, 주인아저씨는 잔을 닦고 있었다. 시간제 가정부가 가게 안을 청소하고 있었다.

그녀의 가슴은 두근거렸다. 아무도 이렇게 빨리 오리라고는 생각지 못했을 거야! 그녀는 멈칫거리고 주저했다. 그러나 용기를 내려는 듯이 제 주위를 둘러보았다. 그러고는 마음을 다부지게 먹고 문을 열었다.

"야! 르네가 아기를 데리고 왔다." 제일 먼저 쥘로가 외쳤다.

르쿠브뢰르는 깜짝 놀라서 훔치던 잔을 카운터 위에 내려놓았다. 르네는 그 앞으로 갔다.

"퇴원했나?" 하고 그는 물었다.

피로했지만 그녀는 힘을 내어 웃음을 띠고 내미는 손을 잡았다. 그리고 나선 장의자에 주저앉았다.

"한잔 마실까? 마시면 기운이 좀 날 테니." 하고 르쿠브뢰르는 말했다.

그녀는 머리를 흔들며 싫다고 했다. 그녀는 마치 무거운 물건을 올려놓는 것처럼 무릎 위에 갓난애를 올려놓았다. 아직도 이 조그만 아기를 다루는 데 익숙지 못해서 쩔쩔매는 것이었다.

"사내 녀석인가?" 하고 쥘로가 물었다.

그는 갓난아기를 씌운 덮개를 걷어치우려고 했다. 허나 르네는 그를 막았다.

생루이 병원 생활은 그녀를 남자들과 멀어지게 했다!

그녀는 왔다 갔다 하는 가정부를 불안한 눈초리로 바라보았다. 알지 못하는 여자가 자기 자리를 가로 채려는 게 아닌가 하고 걱정이 됐던 것이다.

주인아주머니가 나왔다. 그녀의 친절한 마중으로 르네의 걱정은 흩어져 버렸다. 루이즈는 갓난아기를 받아 들고선 물었다.

"무어라고 부르지?"

"피에르……."

그녀는 입을 다물었다. 루이즈는 갓난애에게 몸을 굽히고, 벌써 할머니나 된 듯이 아기를 애지중지 돌보는 것이었다. "귀엽기도 해라." 하고 그녀는 작은 소리로 말하였다. "정말 트리모를 닮았구먼."

"아주머니, 볼 수 있겠소?" 하고 미마르가 외쳤다.

"안 돼요, 저리 나가요! 당신 담배에 갓난아기가 숨 막히겠어요……. 르네, 저리로 가지." 하면서 루이즈는 가게 뒷방으로 르네를 데리고 갔다.

"갓난아기를 직접 기를 거야, 아니면 유모에게 맡길 거야? 어떻게 할 작정이지? 어떻게든지 이 아기는 잘 자라야 되니까."

르네는 눈물을 훔쳤다. 그녀는 너무 피로했기 때문에 스스로 갈피를 잡을 수 없었다.

"암, 그럼 유모에게 맡겨야지." 하고 루이즈는 계속해서 "그리고 파리보다는 시골로 보내는 것이 훨씬 좋을 거야."라고 했다.

르네는 주인아주머니에게 거의 맹목적인 신뢰감을 갖고 있었다. 그래서 그녀는 응낙을 했다. 루이즈는 그녀에게 갓난아기를 건네주며 말했다. "그리고 이제부터는 신중하게 행동하도록, 응?" 그리고 그녀는 친절하게 덧붙였다. "오늘은 아무것도 할 것 없어. 올라가서 푸근히 쉬어요."

르네는 제 방으로 올라갔다. 그곳에 오자 그녀는 자기 집에 돌아온 듯한 느낌이 들었다. 그러나 그곳에는 쓰라린 추억이 수없이 그 여자를 기다리고 있었다! 그 모든 것을 쫓아내려고 노력하며 갓난아기를 침대 위에 눕히고는 이중 커튼을 내렸다. 주인아주머니가 돌봐 준 덕택에 방 안의 모든 것은 잘 정돈되어 있었다.

갓난아기는 계속해서 잠을 자고 있었다. 한동안 그녀는 잠자는 갓난아기를 바라보았다. 수많은 애정의 흐름이 그녀의 가슴을 답답하게 하였다. 이 아기만을 생각하기 위해서 이 방에서 일어났던 좋지 못한 과거의 나날은 잊어버려야 했다.

다음 날이 되자 그녀는 원기 있게 일을 하기 시작했다. 틈이 생기면 거리에 나가서 유모를 찾아다녔다.

한 시골 여인을 소개받았는데 그 여인은 센에마른에 살고 있으며 아기를 맡아 기르기로 했다. 그리하여 르네의 새로운 생활이 시작되었다. 그녀는 예전처럼 혼자 살게 되었다. 그러나 이제부터는 모든 생각이 오직 자기의 어린 피에르에 쏠렸다. 그리고 그녀의 모든 키스는 떼어놓을 때 찍어 놓은 아기 사진에만 집중되었다. 털 담요 위에, 절반은 벗은 아기는 통통한 몸집을 눕히고 있었다. 얼마나 귀엽고 아름다운 사진인가! 지난날의 사랑에선 그렇게 아름다운 것은 아무것도 남아 있지 않았다. 젊은 놈팡이들은 여전히 그 여자의 주위를 따라다녔으나 헛일이었다. 모든 남자들은 그녀에게 혐오감을 불러일으켰다.

루이즈는 르네의 그러한 훌륭한 결심에 더욱 힘을 불어넣어 주었다.

"조심해요, 르네. 손님들은 모두 돼지 새끼들이야! 모두가 언제든 르네를 농락하려 드니까."

"잘 알고 있어요. 하여튼 괜히 시간만 없애는 셈이죠. 이제는 제게도 아기가 있으니까……."

그녀의 크나큰 즐거움은 유모에게서 편지를 받고, 또 이편에서 편지를 써 보내는 일이었다. 저녁이 되면 가게 뒷방 한구석에서 조용히 편지를 쓰곤 했다. 일을 했기 때문에 그녀의 손은 부풀어 올랐다. 그래서 펜대가 손가락 사이에 끼지 않고 빠져나왔다. 그러나 온 맘을 기울여 편지를 쓰는 것이었다.

"나는 빗자루를 드는 편이 오히려 편하군요." 하고 르네는 고백하고 말았다.

루이즈는 무엇을 써야 할 것인가를 그녀에게 구술하여 주었다.

"자, 써요. 다음 주에는 하의와 보통이 하나를 부치겠습니다."

"네." 하고 르네는 대답했다. "그때까지 이럭저럭 기저귀를 만들 거니까요."

주인아주머니는 르네에게 몸을 굽히고 철자를 가르쳐 주었다. 그러자 르네는 순순히 받아쓰는 것이었다.

편지 쓰는 일이 끝나자 르네는 자기의 반짇고리를 집어 들고 모든 육체적인 욕망을 떨쳐 버린 평온한 상태로 루이즈의 옆에 앉아서 바느질을 했다. 루이즈는 연재소설을 읽고 있었다. 때때로 깔깔거리는 웃음소리에 르네는 머리를 들었다.

"미치광이 케넬이 터무니 없는 이야기를 하고 있군." 하고 입 속으로 중얼거렸다.

그녀는 그 이야기를 듣고 싶지 않았다. 그녀는 바느질에 몰두하는 것이었다. 그녀는 행복했다. 그녀는 르쿠브뢰르와 한 가족처럼 생활했다. 이러한 안정된 나날은 몇 년 만에 처음 느끼는 것이었다.

10시에 르네는 가게에서 나와 자기 방으로 올라갔다. 천과 레이스로 산뜻해진 쾌적한 방이었다. (이러한 변화도 주인아주머니의 마음 씀 덕이었다.) 정말로 '자기 집에' 있다는 즐거움을 느꼈고, 아기 사진에 마지막 눈길을 던진 후 뽀송뽀송한 시트 속에 몸을 뉘고 잠을 잔다는 즐거움을 느꼈던 것이다……

행복한 나날은 흐린 날 없이 흘렀다. 그녀는 샹송을 부르면서 일을 했다. 그렇게 일에 열성을 부린 적은 일찍이 없었다. 호텔 방들을 깨끗이 치웠고, 계단과 복도를 반들거리게 청소했다. 손님들은 르네가 일하는 것에 만족했고, 그녀에게는 고맙다는 사례의 팁을 주곤 했다.

그 돈은 횡재였다. 왜냐하면 그녀의 월급은 전부 유모에게로 들어가고 있었기 때문이다. 얼마 안 가서 약간의 저축도 하게 되었고, 내의와 의복들을 살 수 있었다. 때로는 색깔이 요란한 블라우스나 '슬립'을, 때로는 밑자락에 장식이 된 드레스, 혹은 리본이 달린 모자를 살 수 있었다.

"시골티 나는 것만 사 왔군." 하고, 르네가 사 온 옷들을 풀어 놓자 주인아주머니가 말했다.

그러나 그러한 새로 사 온 옷들을 장 속에 조심스럽게 챙기면서, 르네는 자랑스러움을 느꼈다. '훗날 입어야지. 내가 아기와 같이 살게 될 때 말이야.' 하고 그녀는 생각하는 것이었다.

17

토요일 저녁이었다. 루이즈는 '우대권'에 끌려서 극장에 갔다.

몇 달 전부터 호텔에 투숙하고 있는 젊은 전기공 베르나르는 주인아주머니가 없는 틈을 이용해서 가정부를 '손에 넣을' 결심을 했다. 자기 친구들에게 그렇게 하겠다고 큰소리를 쳤듯이 말이다. 그는 복도에 숨어서 끈기 있게 기다렸다.

르네가 요즈음처럼 그렇게 남자들로 하여금 정욕을 느끼게 한 적은 일찍이 없었다. 건강하고 조용한 생활 속에서 그녀는 활짝 피어났다. 르네가 나타나자, 베르나르는 그녀 앞으로 뛰어나왔다. 그리고 그녀가 소리를 지르기 전에 달콤한 목소리로 말하는 것이었다.

"겁내지 말아요. 영화에나 초대하려고 온 거니까……!"

"감사합니다. 베르나르 씨, 당신은 퍽 친절하세요. 하지만 내일 할 일이 있어요. 그래 이제 가서 잠을 잘 참입니다."

"무슨 당치 않은 생각!" 하고 그는 낙담해서 말하는 것이었다. "당신 쥔아주머니는 놀러 다니는 것을 싫어하나요?"

"아! 아주머니는 거의 나가시지 않죠."

"하지만 당신은 그 아주머니같이 나이를 먹지 않았잖아! 오늘 저녁 쥔아주머니는 극장엘 갔거든. 이봐요, 뭐 일찍 돌아올 테니까. 요즈음 티보리 극장에서 「에펠탑의 비밀」을 하고 있어요…… 자, 기꺼이 받아들이고 갑시다."

오래전부터 르네는 영화관엘 가 보지 못했다. 주인아주머니도 없고 오늘 저녁은 약간 권태로웠다.

"티보리 극장이요? 너무 머네요."

"멀다고? 내가 안고 가죠." 베르나르는 그녀가 약해지는 것을 느꼈다.

그녀는 주저했다. 허나 새로 산 옷을 입어 볼 좋은 기회였다.

"기다리세요…… 제가 옷을 갈아입을 동안."

"도와드릴 일이라도 있으면?" 하고 미소를 억지로 감추면서 베르나르는 제의했다.

그는 담배에 불을 붙였다. 그리고 르네가 다시 모습을 나타내자 외치는 것이었다.

"야! 근사하게 입었군!"

티보리 극장에 닿자, 베르나르는 칸막이 좌석 표를 사기로 마음먹었다. "정면에서 구경하기 위해서."라고 그는 설명했다. 그러나 실제로는 그녀와 단둘이 있기 위해서였다. 그들은 기다리지 않고 들어갔다. '2등석' 매표구에 줄을 짓고 서 있는 사람들은 그 둘이 지나가는 것을 바라보고들 있었다. 새로 산 드레스를 입고 가슴을 편 르네의 얼굴이 즐거움에 상기되어 있었다. 입고 있는 비단 속옷은 피부를 다듬어 주듯 비벼 댔다.

장내는 떠들썩했고, 벌써 담배 연기에 푸르게 흐려져 있었다. 르네는 불빛에 눈이 부셔서 주위를 분별 못 하고, 많은 관객들의 시선이 자기에게 몰린 듯한 느낌을 받았다. 베르나르는 그녀에게 박하사탕을 사 주었다. 별안간 장내가 어둠 속에 파묻혀 버렸다.

　"잘 보여요, 르네?" 하고 베르나르가 물었다.

　르네는 남자가 자기 곁에 몸을 구부리는 것을 느꼈다. 그의 몸에서 향수 냄새가 났던 것이다. 그래서 르네가 말했다.

　"향수 뿌렸군요."

　"한 친구가 우비강 공장에서 일을 하고 있지." 하고 그는 설명했다. "그래, 당신이 원한다면 말이야, 코로뉴 향수 1리터를 원가로 사다 드리지."

　르네는 대답하지 않았다. 선물은 과히 나쁠 것이 없기 때문이었다. 친절한 사람이야, 베르나르 씨는. 그렇지만 가까이 다가와 살금살금 건드리는 이 친절은 르네에게 거의 고통스러운 일이었다.

　별안간 그는 속삭였다. "저것 어때, 아무렇지도 않소? 저것 말이야?"

　스크린에는 연인이 입 가득히 키스를 하고 있었던 것이다. 그녀는 언짢은 듯한 웃음을 살짝 지었다. 남자의 팔이 그녀의 허리를 휘감았다. 그녀는 그대로 그냥 놔두었다. 극장 내에서는 많은 남자들이 그렇게 하고 있었던 것이다. 부근의 칸막이 좌석에서도 서로 키스들을 하고 있었다.

　"즐겁게 인생을 보내는데, 옆의 친구들은." 하고 베르나르는 말하였다.

　그러면서 대담하게도 그녀를 애무하려고 덤벼들었다. 그러나 그녀는 떨쳐 버렸다.

"그러지 마세요. 계속해서 그러시면 전 가겠어요."

불안하고 동시에 걱정스러운 듯이 그녀가 가만히 있는 동안에 그는 다른 '계책'을 하나 찾았다. 자기 인생을 말하고 자신의 고독을 호소하기 시작한 것이었다.

"그래, 당신 말이야. 항상 혼자서 적적하지 않아요? 호텔 주인들이 있긴 하지만 결국 그 사람들도 당신 부류는 아니란 말이거든!"

르네는 여전히 입을 다물고 있었다.

"트리모와는 정말 딱하게 되었어." 하고 그는 부드럽게 말했다. 그러고는 여자를 납득시키려고 애쓰는 목소리로 속삭였다. "남자들이란 모두 그와 같다고 생각하면 안 돼요, 르네……."

"그렇다고 생각진 않아요."

확신도 없이 그녀는 낮은 목소리로 대답했다.

「에펠탑의 비밀」은 끝났다. 그녀는 막간의 틈을 타서 뺨에다 화장을 조금 했다. 눈은 어느 때보다도 반짝였고, 즐거운 마음으로 거울에 비치는 자기 얼굴을 바라보는 것이었다. 머리를 쳐들자 베르나르가 자기 얼굴을 바라다보고 있었다. 그녀는 얼굴을 붉혔다. 그러나 그것은 잠깐이었다. 장내는 또 다시 어둠에 파묻혀 버렸다.

영화가 끝나자 그들은 밖으로 나왔다.

베르나르는 레푸브리크 광장의 그뤼베르에 가서 한잔 마시자고 했다.

"축제일이니까, 회전목마가 도는 것을 볼 수 있을 거요!"

그들은 테라스에 앉았다. 맞은편에는 싸구려 댄스홀이 여러 채 있었는데 거울에 반사된 그곳 불빛에 르네는 눈이 부셨다. 롤러코스터를 타고 한 바퀴 돌자는 제의를 르네는 거절했다. 자리에 앉아 있는 것이 편했던 것이다. 베르나르는 그녀에게 샤르트뢰즈 술을 두 잔 마시게 했다. 취해 오는 기운에 그녀의 발이 무거워지기 시작했다. 그녀는 얼굴에 손을 대었다. 아코디언 소리에 그녀는 어지러웠고 모든 것이 눈앞에서 흐려지는 듯싶었다.

그녀는 일어서서 말했다.

"돌아갑시다."

그녀는 남자가 팔을 잡도록 맡기고 함께 운하 쪽으로 걸어갔다. 회전목마의 시끄러운 음악 소리는 들려오지 않았다. 따뜻하고 아름다운 밤이었다. 르네는 발을 멈추고 하늘을 보았다.

"별도 많은데요, 오늘 밤은!" 하고 탄식조로 말했다.

베르나르는 그 여자를 받쳐 안고 있었다. 별안간 그녀는 타는 듯한 입술이 자기 입을 짓누르듯 덮쳐 오는 것을 느꼈다. 그는 그녀를 이끌며 목덜미에다 사랑의 말을 속삭이는 것이었다. 그들은 북호텔 앞에 닿았다. 그는 초인종을 눌렀다.

"조심하세요. 퀸아저씨는 귀가 밝으니까요."

그들은 사무실 앞을 발끝걸음으로 지났다.

3층에 올라오자 베르나르는 그녀를 꽉 껴안았다. 르네는 어리둥절해서 벌벌 떨고만 있었다.

"와요." 하고 그는 속삭였다.

그녀는 대답도 않고 그를 따라 방으로 들어갔다.

18

루이즈는 수건의 테두리를 감치다가 별안간 얼굴을 들었다. 누가 사무실 문을 두드린 것이다.

"왜 그러시죠?"

의자에 앉은 채 큰 목소리로 외친다. 아무런 대답이 없다. 그래서 그녀는 일어나서 문을 열러 간다. 낯선 사람이 가방을 하나 들고 서 있었다.

"번거롭게 해서 죄송합니다만, 방을 빌리려고 하는데요."

옷차림은 단정하나, 소심해 보인다. 다리께에서 바동거리던 가방을 땅에 내려놓고는 정중히 모자를 벗는다. 루이즈는 호의적인 눈초리를 할끗 그에게 던지고선 "원하시는 것은 남자분이 계실 방 하나인가요?" 하고 묻는다.

"아닙니다. 우리는 두 사람인데, 내 처는 문 앞에 있습니다. 잠깐만, 제가 부르죠……. 여봐, 지네트!"

"4층에 방이 있긴 한데요." 하고 루이즈는 말한다. "일주일에

45프랑인데 괜찮겠어요?"

"좋습니다."

"그렇다면 잠깐만 앉으세요. 숙박 대장에 적어야 되니까요. 그 다음에 위층으로 안내해 드릴 테니……."

그녀는 카운터 뒤에서 '경찰의 숙박인 명부'를 꺼낸다. 청색 표지의 장부였다. 그녀는 그것을 테이블 위에 조심스럽게 펼쳤다.

"신분증명서를 갖고 계신가요? 댁의 호적을 적어 넣지 않으면 안 됩니다. 지겨운 일이지만, 파리에는 외국인들이 하도 많으니까요!"

"물론이죠. 저는 프로스페르 말타베른느라고 합니다."

남자는 지갑에서 봉투 하나를 꺼내 루이즈에게 준다. 루이즈는 한동안 주저한다.

"이런 쓸데없는 서류는 알 바 없습니다. 말타베른느 프로스페르…… 이것이라면 적어도 알아보기가 쉽군요. 우리 집엔 폴란드인들이 있는데, 그들의 이름을 쓰는 건 쉽지가 않아요……. 그렇지만 장부만은 날짜에 맞게 매일 분명히 해 놓지 않으면 안 되죠. 물론! 도둑놈도 기술껏 호텔로 들 수는 있지요……. 직업은 무엇이죠?"

말타베른느는 당혹해서 몸을 굽히고 말했다.

"경찰인데요, 괜찮습니까?"

"여태껏 경찰을 숙박시킨 일은 없어요. 그렇다고 경찰은 다리 밑에서 자야 한다는 법은 없죠……. 당신 부인의 성명은?"

"마드무아젤* 지네트 뷔송입니다."

---

* 프랑스에서 결혼 안 한 여자를 지칭하는 단어.

"나는 댁들이 결혼한 사인 줄 알았는데. 하지만 그런 건 내겐 아무래도 상관없죠."

기입을 마친 루이즈는 장부를 덮고 새로 온 두 손님에게 미소를 던진다.

"자아, 모든 것은 끝났습니다. 당신은 나보다 더 잘 아시죠, 말타베른느 씨. 경찰관과의 일은 끝이 없어요. 여기는 이틀마다 '임검 경찰'이 오니까요……. 자, 이젠 방을 보러 올라갑시다."

4층에 오르자 루이즈는 한 방의 문을 연다.

"보시다시피 방이 아주 밝습니다. 운하 쪽으로 향해 있으니까요. 요리할 난로도 장도 있습니다……."

"침대가 좋아요?" 하고 여자가 말을 가로막고 툭 묻는다.

"우리 집 요들은 깨끗하지요. 자, 보세요."

그녀는 이불을 들춰 보인다. 말타베른느는 눈빛으로 지네트에게 묻는다.

"좋은데요." 하고 그는 대답한다.

"그럼, 자릴 잡고 쉬십시오, 말타베른느 씨."

'경찰 치곤 약삭빨라 보이진 않네.' 그렇게 생각하며, 그녀는 방을 나온다.

마침 점심시간이다. 복도에는 음식 냄새가 역하게 풍긴다. "살림살이하는 부부들! 그들은 음식을 해 먹으면서 지저분하게 살고 있어."

지나는 길에 그녀는 화장실의 문을 연다.

"36호 금발 머리 여자는 여전히 화장실 구멍에다 불결한 물건을 쑤셔 넣어 버리니." 하고 중얼대기 시작했다. "밑에 있는 쓰레기통에 버리러 내려갈 용기는 통 안 나는 모양이야! 4층에 살림꾼들이 있는 한 결코 집을 깨끗이 할 수 없을 거야."

말타베른느가 가방 속 물건들을 조심스럽게 장 속에 챙겨 넣는 동안 지네트는 심심풀이로 창문을 열고 밖을 내다본다. 그러고는 손뼉을 치는 것이다. 그녀는 파리를 떠난 적이 없는 여자다. 머리는 곱슬곱슬하게 지졌고 눈은 반짝이고 코는 하늘로 향했다.

그녀는 외쳤다. "운 좋게 자리를 잘 잡았어요! 여기선 행복하게 지낼 거예요."

프로스페르는 고갯짓으로 동의한다. 그러고는 둘이서 팔짱을 끼고 가게로 내려가는 것이다. 카운터에서는 케넬이 주인과 함께 떠들어 대고 있다.

"무엇을 드릴까요?" 하고 르쿠브뢰르는 묻는다. 그는 새로 들어온 숙박인에게는 언제든지 한잔 내었던 것이다.

프로스페르는 주저한다. 그러나 지네트가 급히 말했다.

"아무레트 하나 주세요."

"아무레트?" 하고 프로스페르는 놀라는 것이었다.

"모든 여자들이 좋아한단 말이야, 저 물건은." 하고 케넬이 아무에게나 말하듯이 말하는 것이다.

지네트는 조그만 암고양이처럼 맛있게 아페리티프를 핥아 마셨다. 그녀는 벌써 케넬과 아는 사이가 됐다.

"우리는 오늘 아침에 왔어요. 34호실에 들었답니다."

"그래요! 저는 33호실에 들었습니다." 하고 그는 웃는다. "사이좋게 지내야죠. 안 그래요?" 그러고는 상냥한 몸짓으로 말한다. "잔을 비우시죠. 제가 한잔 내겠습니다."

케넬과 프로스페르는 떨어지기 어려운 사이가 되었다. 일요일의 산보 때는 물론 카페에서 그들이 서로 떨어져 있는 것을 볼 수가 없었다. 그리고 지네트 역시 언제든지 그들 사이에 있는 것도 말할 것 없었다.

"프로프로, 한잔 안 내겠어?" 하고 케넬이 청한다.

"들었어, 지네트? 그래라고 해야만 되겠지?"

"그가 우리 친구라는 것을 잘 알면서……."라며 지네트는 아양을 떤다.

케넬은 여자를 추파로 휘감싸는 것이다. 진주야, 요 계집은! 첫 달부터 그녀는 그의 정부가 되었다. 프로스페르가 야근할 때마다 그녀는 그를 찾아갔다.

케넬은 손을 비비곤 소 한 마리를 잡아 눕힐 듯한 힘으로 프로스페르의 어깨를 두드리는 것이다.

"이 오랜 친구야!"

프로스페르는 한동안 멍하니 있다가 웃어 댄다.

정말로 그는 형제와 같다. 그런 친구와 언제든지 자상하게 돌봐야 하는 정부 사이에서 어찌 멋진 인생을 찾아내지 않고 배긴단 말인가!

그들은 34호실 말타베른느의 방에서 자주 저녁을 같이 했다. 프로스페르는 이러한 조용한 저녁을 좋아했다. 저녁 식사가 끝나고 '여송연'을 태우며 소화를 시키는 그 시간을 좋아한다. 케넬은 변두리 서민의 말투로 잡소리를 하거나, 그렇지 않으면 지네트와 싸우는 것이다. 그리 되면 프로스페르는 말리지 않으면 안 된다.

"여, 어린애들! 얌전히들 놀아."

"난 지네트를 참을 수 없어!" 하고 케넬이 대답한다.

프로스페르는 의자 위에 몸을 젖힌다.

"하! 하! 하! 지네트, 들었어? 이리와…… 화해를 하지. 키스를 해, 케넬……. 괜찮아. 내가 허락했으니까."

둘이서 뺨 위에 키스하는 것을 보고 그는 웃는다.

"자, 또 한 번…… 그래."

그는 편안해 보인다. 르쿠브뢰르네 가게에 그가 상쾌한 얼굴로 나타나자 사람들은 묻는 것이었다.

"어때요, 가정생활은?"

그는 좋다고 대답한다. 그러나 이 질문 속에는 때때로 풍자적인 의도가 섞여 있는 것을 그는 느낀다. 그들은 질투하고 있단 말이야, 그렇고 말고!

한번은 지나는 길에 참기 어려운 말을 소곤거리는 것을 들었다.

자기가 오쟁이 남편이라니? 첫째, 지네트에게는 이 파리에서 아는 사람이라곤 하나도 없지 않은가 말이다. 단지 케넬만이 있을 뿐이다. 물론이야, 그러나 그 친구로 말하자면 전혀 의심할 여지가 없다. 그렇지만 그 오쟁이라는 생각은 본의에 반해서 더욱 그를 괴롭히는 것이었다.

어느 날 그는 사람들이 한참 이야기를 하는 중에 들어왔다. "남편이 사랑의 중개를 하는 모양이야." 하고 주인 여자가 말하고 있었다. 그러나 그가 들어서는 것을 보자 그녀는 입을 다물었다. 묻지도 않고 그는 당혹해서 물러가 버렸다. 사람들이 자기 말을 하고 있었던 게 아닌가?

요즈음은 업무를 마치고 돌아오자마자, 그는 평상복으로 바꿔 입고 카페로 내려온다. 뒷공론 때문에 그는 아내가 케넬과 둘이서 아페리티프를 먹으며 시간을 보내도록 내버려두고 싶지 않은 것이다. 그가 나타나면 언제나처럼 우렁찬 "야, 프로프로."라는 소리가 그에게 인사를 보냈다. 그러나 그는 예전처럼 미소 짓지 않았고 그 프로프로라는 별명조차 불쾌하게 되어 버렸다.

어느 날 저녁, 평소에 없던 일로서, 미마르와 드보르제 영감은 카드 놀이판에 그를 끼워 주었다. 그는 맥없이 노름을 하고 있었다. 안 그러는 체하면서 곁눈으로 테이블 다른 한쪽에 자리를 잡고 있는 케넬과 지네트를 살피는 데 온통 정신이 팔려 있었다. 그는 그들의 이야기에서 무슨 실마리를 잡으려고 애썼다.

그의 지네트는 케넬에게 몸을 기울이고 금빛 머리카락을 남자의 얼굴에 가볍게 비벼 대고 있었다. 지네트는 종알대다가 별안간 웃음을 터뜨리는 것이다.

프로스페르는 화가 치미는 것을 억제할 수가 없다. 머리가 지끈거린다. 누군지 자기를 엉큼하게 관찰하는 것처럼 생각도 되었다. "으뜸패야!" 하고 미마르는 외친다. "내가 땄어."

프로스페르는 잡고 있던 카드짝을 테이블 위에 동댕이친다. 여러 개의 카드짝들이 땅바닥에 흩어졌다. 그는 몸을 굽히고 그것을 집는다. 케넬의 종아리와 지네트의 종아리가 서로 얽혀 있지 않은가!

그는 대번에 벌떡 일어서더니 앞뒤 생각도 없이 케넬에게 덤벼들어 그의 얼굴 정면에 주먹을 안겼다. 술잔과 병들이 타일 바닥 위로 떨어져 으스러진다. 지네트는 비명을 지르곤 기절해 버린다. 케넬은 재빨리 몸을 바로잡고 프로스페르의 목을 쥐어 잡아 비틀었다.

"에밀, 떼어 놔요!" 하고 루이즈는 외친다.

미친 듯이 날뛰는 두 사람은 넘어진 의자들 사이를 뒹굴었다. 그들은 거품을 흘리며 서로 주먹질을 한다. 그들의 주위에 사람들은 빙 둘러서 있다. 아무도 가까이 가려고 하지 않는다. 케넬이 더 힘이 셌다. 그는 프로스페르를 한쪽 구석에다 몰아넣는다. 그리고 거기서 적수의 가슴 위를 무릎으로 누르고서, 꽉 쥔 주먹을 쳐들고 외치는 것이다.

"너를 똥처럼 짓이겨 놓을 테야!"

프로스페르의 눈은 용서를 청했다. 르쿠브뢰르가 달려갔다.

"그치시오! 안 그러면 경찰을 부르겠어."

케넬이 먼저 일어났다. 손님들은 프로스페르를 도와서 일으켜 준다. 사람들은 그들을 화해시키려고 한다. 지네트는 의자 위에 맥 빠진 듯 앉아서 계속해서 흐느껴 운다.

맞아서 시퍼렇게 멍든 눈, 가슴이 헤쳐진 와이셔츠, 그리고 톱밥이 묻은 옷을 걸친 프로스페르는 오랫동안 화해할 결심을 하지 않더니 드디어 사람들이 끄는 대로 옛 친구가 있는 쪽으로 끌려갔다. 이젠 조금 전에 무슨 일이 있었는지 그도 잘 모르는 것이다. 요컨대 아마도 잘못 본 것이 아닌가. 사람들은 그를 앞으로 밀어냈다. 그는 케넬에게 팔을 내밀었다.

"아냐." 하고 상대방은 투덜댔다. "친구에게 이럴 수 없는 거야. 내가 너에게 뭘 어떻게 했단 말이야, 내가? 말해 봐! 말해 보란 말이다. 내가 너에게 뭘 어쨌냐고!"

그러나 르쿠브뢰르는 그의 팔을 붙잡았다.

"자, 화해하세요. 그렇지 않으면 둘 다 여기서 내쫓고 말겠어."

그쯤 되니, 프로스페르와 케넬은 손을 잡고 말았다. 모든 손님들이 박수갈채를 보냈다.

"이젠 이리 와서 한잔 드시오." 하고 르쿠브뢰르는 한마디 더 덧붙였다.

프로스페르는 카운터에 몸을 기대고 케넬과 건배를 한다. 아직도 몸을 부들거리며 케넬에게 몇 마디 사과 말을 빠르게 한다. 지네트도 거기에 와 전처럼 남편의 곁에 가까이 가선 그에게 키스를 했다. 누군지 그의 어깨를 다정하게 두드렸다. 모르겠어. 정말 무슨 일이 있었는지 이젠 모르겠는 것이다.

조금만 더 했으면 그는 경찰이라는 직업을 잃을 뻔하지 않았던가!

19

1시경이 되면 매일처럼, 푸아생 부인은 카페 문을 밀고 들어왔다. 신경질적이고 바짝 마른 중년 부인으로서, '파리 특산 잡화 및 장신구들'을 손으로 직접 만들었다. 그녀는 한동안 문턱에 서서 개들을 불렀다. 두 마리 잡종 개로서 언제든 그녀를 따라다녔다. 그리고 그녀는 테이블에 가서 앉는 것이었다. 자기 핸드백, 회초리, 열쇠 다발을 그 위에 놓고, 르쿠브뢰르네의 식사를 살피면서, 그칠 줄 모르고 수다를 떠는 것이다.

"집에 있는 것에 나는 이제 진력이 났어." 하고 그녀는 말하는 것이다. "아침부터 저녁까지 마치 병원에나 있듯이 기침 소리만 들려오니까요. (남편은 결핵에 걸려서 죽어 가고 있었다.) 내가 식당에 좀 틀어박혀 있으려고 해도 소용없는 짓이에요. 늘 나를 부르거든요. "뤼시, 수건 좀 줘. 뤼시, 탕약을 줘. 이것 좀 갖다 줘. 저것 좀 갖다 줘." 모든 병자들이 그렇듯 그이는 자기만 생각해요……. 정말! 그는 고통을 당하죠. 그러나 자기 운명인걸요.

예전에 나를 험하게 대한 적도 있었죠. 밤에는 눈을 붙일 수조차 없어요. 내가 운이 나쁜 모양이에요! 이를테면 점심을 먹은 다음에 견습 여직공에게 지시를 하고는 한 바퀴쯤 돌면 그만이에요. 르쿠브뢰르 부인, 내 입장이 좀 되어 보세요……. 거기다가 개를 운동시켜야 하고요."

루이즈는 이 이야기에 입맛이 떨어지긴 했지만 예의상 동의해 주지 않으면 안 되었다.

"물론이죠, 감당해 낼 수 없는 일을 할 수는 없죠."

"아이고, 귀찮아라! 그것이 벌써 2년을 끄니." 하고 푸아생 부인은 계속했다. "그러는 동안 몇 푼 안 되는 돈은 거덜 나게 먹어치우고……. 결국에 가서는 어느 날이든 끝장이 나겠죠. 그걸 바랄 수밖에 없지만요……. 라투슈 씨는 아직도 안 왔어요? 주인아저씨."

"아뇨, 오늘 아침엔 보이지 않던데요. 아마 중앙 시장에 물건 사러 나간 모양이군요."

푸아생 부인은 커피를 두 잔째 주문했다. 개들은 빙글빙글 돌아다닌 끝에 타일 바닥 위에 오줌을 누고 말았다. 그러자 푸아생 부인은 벌떡 일어섰다.

"아이, 더러워! 회초리가 어딨어? ……키키! 코레트!" 그녀는 매 음절마다 입언저리를 쪼그라뜨리며 '토레트'로 들리게 발음했다. 그러고는 키키의 등가죽을 잡고선 때리는 시늉을 하며 여전히 루이즈에게 종알대는 것이다.

"그래요, 댁네도 선모 뿌리를 잡수세요? 지난 주일에 저도 해 먹었답니다. 나같이 약탕관 속에서 사는 사람에겐 그게 퍽 힘을 북돋아 줘요. 단지 벗겨 버릴 털이 많아서 힘이 들죠!"

드디어 마차꾼 옷 속에 목을 움츠리고 라투슈가 들어왔다.

"한 시간이나 당신을 기다렸어요." 하고 푸아생 부인은 날카로운 소리로 말했다. "이게 두 번째 커피예요. 그렇죠, 주인아저씨?"

라투슈는 숨을 내쉬며, 가죽 외투를 벗고선 그 여자의 옆에 앉았다. 그리고 무릎 위에다 키키를 안았다. 두 팔꿈치를 테이블 위에 괴고 안달하며 짖어 대는 코레트를 때때로 두들기면서, 푸아생 부인은 설교라도 듣듯이 엄숙히 마차꾼의 말을 들으며, 두 눈으로 뚫어지게 그를 바라보는 것이다.

라투슈는 자기 직업의 어려움을 그녀에게 설명했다. 그리고 두어 마디쯤 말을 하다 멈추고선 커피를 한 모금 마시고는 축축이 젖은 두툼한 수염을 손으로 쓱 씻었다.

어느 날 그는 다음과 같이 말했다.

"힘에 겨워 당해 낼 수가 없어요. 모든 것을 나 혼자 해야 되니. 서기인 앙드레 영감이 있지만, 그 사람이 무엇을 할 수 있겠어요? 너무 늙었단 말이야. 그래…… 누군가 정직하고 똑똑하고 활동적인 사람이 있어야만 돼요…… 필요하다면, 한 여인네가……."

푸아생 부인은 좋아서 팔짝 뛰었다.

"주인아저씨, 화주 두 잔 주세요!" 하고 그녀는 자신이 동요하는 걸 숨기려고 말했다.

라투슈는 조그만 술잔을 비우고 혀를 차더니 조용히 머물러 있었다. 푸아생 부인은 자기 열쇠 다발을 하릴없이 흔들어 댔다.

"저도 그렇게 생각해요." 하고 그녀는 나지막하게 말했다.

라투슈는 눈을 내리고 여자를 계속해서 몰래 훔쳐보고 있었다. 그러자 그녀는 일어나서 차 값을 치렀다.

그들은 더욱 자유롭게 이야기를 나누기 위해 멀리 사라져 버리는 것이었다.

"흥!" 하고 루이즈는 혼자 중얼댔다. "점점 더 열기를 띠는구먼!"

그렇다고 루이즈는 그것에 분개하지는 않았다. 푸아생 부인은 병자와 함께 살면서 고된 생활을 하고 있으며, 라투슈로 말하자면 어떻든 간에 독신이기 때문이다!

어느 날 아침 갑작스레 푸아생 부인이 주방 안쪽에 있는 루이즈에게로 왔다.

"르쿠브뢰르 부인, 제가 청이 하나 있는데요. 여기서 우리끼리의 말이지만요…… 빈 방 하나 있어요? 일주일에 두세 번, 그것도 한 시간 정도만 쓸 것으로요?"

"방이요? 아, 댁을 도와드릴 용의는 있습니다만…… 그 일만은 못 하겠는데요."

푸아생 부인은 더 이상 끈질기게 요구하지 않았다. 그렇다 하더라도 다른 데서 숙소를 마련할 수 있기 때문이었다. 왜냐하면 그녀는 그날부터 라투슈와의 관계를 창피스럽게 생각지 않고 드러내 보였으니까. 북호텔의 손님들은 그녀를 '라투슈 마님'이라고 부르곤 했다. 푸아생 부인은 화를 내지도 않고, 오히려 반대로 웃어 버렸다.

일요일이 되면 그녀는 마차꾼과 함께 외출을 했다. 그들은 팔짱을 끼고 폐병쟁이인 푸아생이 예전에 사 놓은 땅에 있는 빌파리지라는 곳으로 놀러 가는 것이다. 그곳에는 '조그만 별장' 대신 전쟁 후에 싼값으로 얻은 바퀴 없는 찻간 하나가 놓여 있었던 것이다.

"진짜 별장처럼 우아하진 못하지만." 하고 푸아생 부인은 말했다. "그래도 여름에는 시원해요. 이 누추한 방에서도 멋진 순간을 가질 수 있어요. 그렇죠, 라투슈?"

20

가을이 되었다. 르쿠브뢰르는 그랑즈오벨 거리의 칠장이인 세뤼티에게 의뢰해 가게를 다시 칠하도록 했다. 훌륭한 솜씨였다! 벽은 모조 대리석으로, 카운터는 모조 떡갈나무로 그럴듯하게 꾸몄다. 호텔의 늙은이들은 놀라서 어리둥절했다. '호텔을 팔아 버릴' 모양이 아닌가 하고 그들은 상상해 보는 것이었다.

그런 것이 아니다! 장사가 나날이 잘되어서 르쿠브뢰르는 집을 아름답게 꾸미려고 한 것뿐이었다.

북호텔에서는 좋은 커피를 판다는 평판이 돌았다. 매일 점심을 먹은 후에 직공들은 커피를 마시러 왔다. 그때는 하도 바빠서 르쿠브뢰르는 정신이 없었다. 그는 분주히 일을 함으로써 모든 손님들을 만족시켜 주었다. 사이렌 소리로 작업 개시 시간을 알리면 잠깐 동안 가게는 빈다.

그곳에 남는 것은 게으름뱅이들, 연금 생활을 하는 이들이나 혹은 드보르제 영감처럼 몸을 못 쓰는 늙은이들뿐이었다.

"우리는 갑니다. 이발쟁이 부부는 남겨 두고 가죠."

그러면서 노동자들은 떠들면서 문을 덜거덕거리며 나갔다.

정말로 라미용 부부는 카운터에 팔꿈치를 괴고 머물러 있었다. 괴짜 부부로서, 라미용은 이발쟁이고 그의 아내는 여자 모자를 만드는 직공이었다.

유(U)자형의 턱수염과 고양이 같은 콧수염, 농진으로 붉은 광대뼈, 명령조의 목쉰 소리 등, 이 이발쟁이는 하사관을 연상케하는 사람이었다. 노병처럼 알파카 웃옷 아래 붉은 플란넬 허리띠를 두르고 있었다. 라미용 부인은 예쁜 여자가 아니었다. 얽은 얼굴은 알코올 때문에 일그러졌다. 사팔뜨기 눈에다가 입 역시 경련으로 일그러져 있었다. 언제나 털이 빠진 모피 외투를 입고 모자는 쓰지 않았다. "내 머리에는 모자가 붙어 있질 못해요." 하고 그녀는 말하는 것이었다.

라미용 부부는 비샤 거리의 오래된 가옥에서 살았다. 아이는 없었다. 딸이 인쇄공과 바람이 나서 도망쳐 버렸던 것이다. 그러나 고양이가 한 마리 있었다. 늙은 이 수고양이는 그들의 큰 자랑거리였다.

"나톨이라는 녀석." 하고 라미용은 주먹을 내보이면서 설명했다. "이와 같이 굵은 '그것들'을 갖고 있거든!"

루이즈는 웃었다. '취하지만 않으면 점잖은 사람인데.' 하고 혼자 생각하는 것이었다. 이 이발쟁이 부부에게 루이즈는 관대했다. 그 부부는 그녀에게 집 지키는 개인 폭스테리어의 잡종, 바두르를 줬다.

일주일에 한 번, 월요일에 라미용은 휴일을 맞이한다. 그때는 아내를 따라 여러 카페를 돌아다니는 것이었다. 그날은 습관대로 카페 주인들이 한턱냈다. 그들이 '쇼프데생즈'에서 '봉쿠엥'으로, 카페 '카피탈'에서 북호텔로 드나드는 것이 눈에 띄었다. 그들은 흐트러진 옷매무새에 붉은 얼굴에다 알코올 냄새를 풍기면서, 마침내 북호텔에 다다랐다.

"쾬, 우리 마누라 좀 보쇼! 취했어요, 이젠." 하고 이발쟁이는 외쳤다.

그러면 "내가 취했다고요……?" 하고 그의 아내는 말대꾸하는 것이다. "쾬아저씨, 내가 취한 것을 본 적 있어요? 저 더러운 사람이 취했지."

라미용 부부는 곧잘 싸웠다. 허나 언제나 이발쟁이가 이겼다.

어느 날 저녁때였다. 카드놀이를 할 때 그의 마누라가 르쿠브뢰르네로 들이닥쳤다. 눈은 흉포하고 미치광이 여자 같은 모습이었다. 그러더니 유리알 브로치로 여민 낡은 외투를 열어젖히고는 맞아서 멍이 든 메마른 어깨를 보여 주었다.

"몸뚱이가 내 몸 같지 않아요."

그녀는 신음을 하고 신경질적으로 웃었다. 브로치가 빤짝거렸다. 그녀는 그것을 불빛에 비춰 보았다.

"아름답기도 해라, 내 다이아몬드. 내 것이라곤 이것밖에 없지. 라미용이 이것만은 못 가질 거야!"

그녀는 일종의 양이 우는 것 같은 소리를 내면서 말을 하고 춤을 추듯 뱅뱅 돌았다.

"안 그래요? 나 예쁘죠?"

그녀는 잿빛 머리칼을 앞이마에 늘어뜨리고, 머리를 뒤로 젖혔다. 이어서 가슴 위에 있는 브로치를 두 손으로 꽉 잡았다. 그러고는 별안간 밖으로 나가 버렸다.

조금 후에 이발쟁이가 들어왔다.

"앙젤을 한 대 갈겨 줬지." 하고 그는 만족스럽게 말했다. "정신 좀 차렸을 거야. 매일 저녁 나에게 돼지고기만 먹이기에 그랬어."

그러고는 염소 수염 같은 턱수염을 어루만지며 말했다.

"주인, 주사위 노름판이 벌어졌나요?"

일요일 날씨가 좋으면 라미용의 딸은 양친을 보러 오곤 했다. 가족은 전부 같이 운하의 기슭을 따라 산보를 하러 가는 것이었다. 이발쟁이는 모자를 눈 위까지 푹 눌러 쓰고 두 여인의 뒤를 따라 걸었다. 여자들은 넝마장수 같은 옷을 걸쳤고 목을 드러냈으며 머리는 엉망으로 뒤엉켜 있었다.

화합은 그리 오래 계속되질 못했다. 얼마 안 가서 싸움 소리가 들려왔다.

"만족하지 못하면 네 사내 녀석을 찾아가서." 하고 이발쟁이는 딸에게 외쳤다. "한 대 때려 달라고 말하란 말이야."

철썩! 그는 딸의 따귀를 때렸다. 그는 손이 민첩했다. 그러나 많이 맞아 익숙한지라 딸은 말대답을 하지 않았다.

어머니는 딸에게 한잔하자고 했다.

"술마시는 데 죽이 잘 맞는군." 하며 이발쟁이는 냉소했다.

그는 마누라와 딸이 술집에 들어가는 것을 부러운 듯 바라보곤 혼자 휘파람을 불며 산보를 계속했다.

21

　손에 전보를 들고 르쿠브뢰르는 르네가 청소를 하고 있는 방으로 들어왔다.

　"자, 자네에게 온 것이야." 하고 그는 말했다.

　르네는 빗자루를 내려놓았다.

　"제게요?"

　"르베스크, 북호텔이라고 되어 있어." 하고 르쿠브뢰르는 말했다. 그는 급한 일이 있는 모양이었다.

　르네는 혼자 남아서 손가락 사이에 전보를 끼고 '아마 유모에게서 온 것일 거야.' 하고 생각했다.

　보름째 되는 오늘까지 그녀는 아이의 소식을 듣지 못했다. 미친 듯이 전보를 젖혔다. 전보문이 눈 밑에서 아른거렸다. 아 ── 기 ──. 전보의 내용은 별안간 그 여자를 짓눌러 버렸다. 입술을 떨면서 낮은 목소리로 반복해서 다시 읽었다. '아기 사망'이었다. 그러자 르네는 침대 위에 쓰러지고 말았다.

이불 위에 얼굴을 파묻고 자세히 생각할 겨를도 없이 흐느껴 우는 것이었다. 그러더니 짐승 같은 신음 소리를 내면서 일어서서 방에서 나갔다.

복도에서 미마르를 만났다.

"주인아주머니에게 알리러 가요." 하고 이를 딱딱 마주치면서 그녀는 그에게 말했다.

아무것도 모르는 미마르는 르네를 바라보기만 했다. 르네는 넘쳐흐르는 흐느낌을 억제하고자 입에다 손을 대고 비틀거리며 걸었다. 층계참에 이르자 발을 멈추고 앞을 분간치 못하게 흐르는 눈물을 닦고, 계단 손잡이를 잡고 한 계단 한 계단씩 내려갔다. 드디어 카페 문을 밀며 억제하고 있던 것에서 벗어나듯이 "아!" 하고 외치고는 손에 든 전보를 흔들었다.

루이즈가 급히 달려왔다. "무슨 일이 생겼어?"

그녀는 전보를 뺏어서 보았다. "아이고머니나! 에밀, 르네의 아기가 죽었어요!"

르네는 장의자 위에 쓰러졌다. 틀어올린 머리가 풀어져서 어깨 위에 흩어졌다. 그런 채로 그녀는 자기 앞을 뚫어지게 바라보고 있었다.

베르나르에게 몸을 맡긴 바로 그날부터 아들 피에르에게서 소식이 오지 않았다. 아! 바로 그것이 그녀를 불행 속에 또다시 파묻히게 했던 것이다.

르네는 앞으로 손을 모으고 말했다. "하느님, 하느님! ……용서해 주세요."

손님이 하나 들어와서 농을 걸었다.

"르네, 하느님의 목소리가 들려오나!"

르네는 굳은 몸으로 일어섰다. 루이즈는 가까이 가서 위로를 하려고 했다. 그러나 아무 말도 없이 르네는 방으로 올라가서 옷을 갈아입었다. 첫차를 타러 역으로 갈 채비를 하는 것이었다……

이틀째 되는 날 저녁이었다. 르쿠브뢰르 부부는 르네가 돌아온 것을 보았다. 르네는 알아볼 수 없게 변해 있었고 대답도 거의 않고 입속으로 중얼거릴 뿐이었다. 그녀는 자기 방으로 올라가서 혼자 있고 싶어하였다.

루이즈는 가게 뒷방으로 르네를 끌고 가서 겨우 몇 마디를 얻어들을 수 있었다. 피에르는 배앓이를 한 후 48시간 만에 가 버리고 말았다는 것이다. 동네 사람들의 이야기로는 때를 '놓쳐서' 그랬다는 것이다.

그녀는 아기 옷들을 조심스럽게 가방 속에 챙겨 가지고 왔다. 모자, 리본들, 조끼들을 침대 위에 펼쳐 놓고 꿈꾸듯이 그것들을 바라보고는 거기에다 얼굴을 비벼 댔다. 그러고는 키스를 했다. 그 하찮은 물건들 속에는 아직도 생명이 통하고 있었고 아기의 냄새와 따뜻한 체온이 서려 있었다.

르네는 머리를 쳐들었다. 지나간 추억이 줄지어 지나갔다. 트리모, 아기…… 그런데 이제는 아무것도 없게 됐다. 주위에는 이 숨막히는 방, 그리고 풀릴 길 없는 고독이 있을 뿐이었다. 팔을 맥없이 떨어뜨렸다. 잡고 있던 유품들이 손가락에서 맥없이 미끄러졌다. 그러나 그것들을 주워 모을 기력도 이제는 잃은 것이다.

두 주일이 지났다. 루이즈는 르네에게 좀 어떠냐고 물었다. 그러자 르네는 구슬프게 어깨를 으쓱해 보이면서 대답하는 것이었다.

"답답해요."

그녀의 곁방에는 코르셋을 제조하며 인생을 태평하게 보내는 여직공이 하나 살고 있었다. 매일 아침나절에 복도에서 만나면 그녀들은 이야기를 주고받았다.

"무얼, 애 녀석 잃은 것쯤으로." 하고 페르낭드는 큰 소리로 말하는 것이었다. "다시 만들 수 있어요. 아기쯤은. 그럴 동안에 재미나 봐요."

그래서 그녀는 르네를 영화관에, 카페에, 드디어는 댄스홀에 까지 끌고 갔다. 그렇게 되자 르네는 화장까지 하고 새 블라우스를 입고, 발은 아프지만 예쁘장한 신발을 신고 따라나서는 것이었다. 르네는 페르낭드의 흉내를 냈다. 저금해 놓은 돈은 하잘것없는 것을 사들이느라고 써 버렸다. 허나 친구처럼 사치스러운 모습이 될 수가 없었다. 자기의 붉은 손은 창피스럽게만 보였다.

"그렇게 수줍어할 건 없어요." 하고 페르낭드는 몇 번이고 되풀이해서 말하였다.

거리의 댄스홀에는 깡패들과 기둥서방들이 테이블 둘레에 있었고 아코디언 소리에 맞추어 춤을 추는 남녀들이 있었다. 종이꽃 장식들이 벽을 아롱지게 하고 있었다.

르네는 눈을 크게 떴다. 푸른 구름장이 자기를 휘감싸는 듯싶었다. 페르낭드는 벌써 '몸을 흔들면서 춤을 추고' 있었다. 르네는 입을 벌리고 얼이 빠져서 춤추는 쌍쌍에게 이리저리 부딪치며 가만히 있었다. 그러자 한 젊은 친구가 가까이 다가왔다. 르네는 그가 안고 가도 가만히 있었다. 시골에서처럼 얌전히 그녀는 춤을 추었다. 허나 남자의 포옹에 차츰차츰 몸을 맡기게 되었다. 그래서 머리를 뒤로 젖히고 유쾌하게 춤의 소용돌이 속에 휩싸이고 말았다.

새벽 1시쯤 돼서 두 여인은 북호텔에 돌아왔다. 자기 전에 르네는 오늘 저녁의 일이 희미하게 되살아났다. 춤을 추던 한 남자가 그녀에게 '타팽*을 할 것'을 제안했다.

'그 남자가 무슨 말을 하려고 했는지 페르낭드에게 그 뜻을 물어봐야겠어.'

페르낭드는 여러 가지 설명을 해 주곤 했다. 그 여자는 웃으면서 르네를 수상쩍은 호텔로 끌고 가서, '파르티 카레'**를 가르쳐 주었다.

"이건 말이야, 너를 약삭빠르게 만들어 세상 물정을 알게 해 주지." 하고 그녀는 설명했다.

루이즈는 르네의 마음을 잡아 두려고 퍽 애를 썼다. "죽은 자식의 일을 중히 생각하는 것이 바로 이렇게 하는 것인가······?" 허나 아무 소용이 없었다. 얼마 안 가서는 외박까지 했다.

르네는 아침에나 돌아왔다. 그때는 직공들이 일하러 떠나는 시간이었다. 그녀는 발소리를 죽이고 살금살금 층계를 올라갔다. 마주친 숙박인들은 그와 같이 몸단장을 한 르네를 보고 얄궂게 웃는 것이었다. 르네는 급히 옷을 벗고 젖은 수건으로 뺨의 화장을 지워 버릴 시간 밖에 없었다. 가게에서는 손님들이 빈정대면서 그녀를 마중했다. 그리고 하품이라도 하면 "르네가 과음을 해 목이 칼칼하군." 하고 말하는 것이었다.

오전 내내 그녀는 이 방에서 저 방으로 질질 끌리듯이 다니며 일했다. 찾아드는 졸음을 이기기가 퍽이나 힘들었던 것이다.

---

* 매음부가 길에서 손님을 끈다는 말.
** 두 여자와 두 남자가 한 쌍이 돼서 노는 것.

그래서 르네는 앞치마 주머니에다 조그만 럼주 병을 넣고선 견디 내기가 힘들면 한 모금씩 마셔 '정신을 차리곤' 했다. 드디어 밤이 되었다. 해방이었다. 잠을 잘 수 있는 것이다.

어느 날 밤 베르나르가 갑자기 찾아왔을 때, 르네는 깊이 잠들어 있었다. 그가 눈을 떴을 때 베르나르는 자기 몸 위에서 뒹굴고 있었다.

"아니꼽게 굴지 마."

베르나르는 그렇게 속삭이며 키스로 입을 막았다.

이튿날 아침 그는 돌아가면서 5프랑짜리 지폐를 여자의 손에다 쥐여 주었다.

그날부터 르네는 페르낭드와는 어울려 다니지 않고 후로는 외박도 하지 않았다. 이제는 화장도 하지 않고 예쁜 옷도 입지를 않았다. 그녀를 욕심내는 숙박인들이 방으로 찾아왔던 것이다. 사람들은 친절의 대가로 그녀에게 '팁'을 주었다. 얼마 안 가서는 르네 쪽에서 청구하기까지에 이르렀다.

르쿠브뢰르 부부는 놀랐다. 호텔 평판에 대해서 걱정을 했다. 그런데도 그들은 참아 냈다. 드디어 어느 날 아침 르네가 10시쯤에야 내려오자 르쿠브뢰르는 화가 폭발해 이렇게 외쳤다.

"르네, 달리 갈 곳을 찾아야겠어!"

"몸이 불편했어요, 주인아저씨……." 하고 그녀는 더듬더듬 말했다.

허나 르쿠브뢰르는 그 말을 중간에 가로챘다.

"아냐! 나는 이제 믿지 못해. 이젠 지긋지긋해. 다른 집에 가서 살도록 해요!"

그는 카운터 아연판을 두드렸다. 목소리는 분노로 떨렸다. 르네는 두 눈을 밑으로 깔고서 듣고 있었다. 손가락 사이로 손수건 끝을 기계적으로 비틀었다. 편을 들어 줄 루이즈도 그곳에 없었다. 그녀가 그곳에 있었다면 자기를 옹호해 주었을까? 루이즈와의 사이에도 모든 것은 끝장이 나고 있었던 것이다. 르네는 아무 대답도 않고 테이블 위에 앞치마를 벗어던지고는 자기 방으로 올라갔다…….

천천히 침대 위에 몸을 펼치고 누웠다. 베개 위에 머리를 뉘고서 오랫동안 천장을 바라보았다. 1년 이상 이곳에서 살아왔다. 무얼! 다른 곳에 가서 벌이를 찾으면 되지! 월급에서 남은 200프랑이면 일주일은 편히 지낼 수 있을 거야.

그녀는 일어나서 짐을 꾸렸다. 오래 걸리지 않았다. 쿨로미에를 떠날 때보다 옷이 더 많지도 않았다. 어린 자식에 대한 추억으로 모아 두었던 것들을 쓰레기와 잡동사니들과 함께 쓰레기통 속에 처넣었다. 그러고는 옷걸이에서 외투를 끌어냈다. 이제는 자유의 몸이 되었다. 그러나 자신의 그 자유를 어떻게 해야 하는가?

르네는 어깨를 으쓱 추키면서 "아! 난 모르겠다." 하고 한숨을 쉬었다. 그러고는 주인 부부에게 작별을 하려고 내려갔다.

맘씨가 좋은 인간인 르쿠브뢰르는 르네에게 신원보증 소개장을 써 주겠다고 제안했다. 요컨대 아무도 르네의 일솜씨에는 정말 불만을 갖지 않았던 것이다. 르네는 그것을 거절했다. 그런 것을 받아서 무슨 소용이 있단 말인가?

르쿠브뢰르 내외는 르네에게 손을 내밀고 악수를 했다. 루이즈는 뭐니 뭐니 해도 정에 이끌려 중얼댔다.

"행운이 있기를."

르네는 가방을 들고 바깥으로 나갔다. 어디로 가나? 막연히 선개교 위에서 발을 멈추었다. 거룻배들은 시골의 고요함을 곁에 싣고 가듯이 빌레트 쪽으로 거슬러 오르고 있었다. 르네는 머리를 돌렸다. 랑크리 거리를 통해 차들이 큰길로 들어서고 있었다.

르네는 뒤돌아보지도 않고 앞을 가는 그 차들의 뒤를 따라 걸어갔다.

22

마리위스 플뤼슈는 바람처럼 가게 안으로 들어왔다. 그는 활달하고 얼굴 혈색이 좋은 프랑스 남부 지방 사람으로 짧고 흰 다리 위에 뚱뚱한 몸뚱이가 얹혀 있었다.

"여봐, 마리위스! 아페리티프 한잔 들지?" 하고 베르나르가 말을 걸었다.

"고맙지만 안 되겠어, 동무." 하고 플뤼슈는 '열쇠 걸이 판'에서 자기의 열쇠를 풀어 내며 대답했다. "이제 저녁 준비를 해야겠어."

그는 짐 진 '당나귀'처럼 여러 가지 물건을 지고 있었다. 다행히도 1호실에 살고 있어 층계 밑에 그의 방문이 있었다.

"휴우!" 하고 그는 식료품의 짐을 풀었다. 올리브, 토끼 고기, 라드 기름, 샐러드 그리고 2리터들이 술병들이었다.

그는 손대중으로 토끼 고기의 무게를 달아 보았다. "고기가 훌륭하죠, 플뤼슈 씨." 하고 그는 고기 장수의 흉내를 냈다. "버

터로 튀기겠어요. 사냥꾼이 굽듯이 굽겠어요?" 그는 한동안 생
각하고 나서 소시지처럼 불은 자기 손가락들을 소리나게 튕겼
다. 그 몸짓은 '이게 무슨 팔자야.'라고 생각할 때 으레 따르는,
버릇이 돼 버린 몸짓이었다. "토끼 튀김." 하고 외쳤다. 그러고는
힘을 내기 위해 술 한 잔을 가득 따랐다.

그의 요리 도구들은 선반 위에 놓여 있었다. 스튜 냄비, 냄비
들, 프라이팬, 접시, 빈 병들, 1리터짜리 기름 병, 마늘이 가득 든
샐러드 바구니 등이 놓여 있었다. 플뤼슈는 방을 부엌으로 뒤바
꾸어 놓았다.

그는 웃옷을 벗어던지고 스토브에 불을 붙인 다음 '토끼 고
기'에 버터를 발라 굽기 시작했다. 목을 빼고 냄비에서 올라오는
냄새를 맡아 본다. 소스에 텡*이 모자라는 듯싶었다.

"저런! 마늘은 모든 것의 대용이 되거든!" 하고 플뤼슈는 외
치고 샐러드 바구니로 마늘을 가지러 갔다. "들어서면 빙글거릴
거야, 마누라는!"

그는 또 술 한 잔을 마시고 올리브 열매를 씹었다. 토끼 고
기는 지글거리면서 익어 갔다. 좋은 냄새가 방 안에 가득 찼
다……. 플뤼슈는 테이블 위에 흩어져 있는 책 하나를 집었다.
꿰맨 실이 절반쯤 뽑히고 기름때가 묻은 두꺼운 헌책이었다. 그
는 페이지를 젖히고 읽기 시작했다. 그런데 '브라운 소스' 냄새
가 거북해졌다. 그래서 그는 일어나서 환기를 했다.

케넬이 층계참을 지나다가 멈추었다.

"맛있는 냄새인데! 밤낮 요리하느라고 피곤하지 않소?"

---

* 조미료의 일종.

"천만에! 내가 식당에서 하는 것은 형편없는 요리요. 자, 들어오시오. 당신은 진짜 요리가 어떤 것인가를 보게 될 테니까요."

그는 냄비 뚜껑을 열었다. 케넬은 냄새를 맡고 혀를 찼다.

"당신 요리 책을 읽고 계쇼?" 하고 그는 물었다.

"아뇨. 이 책은 『웃는 사람』이에요. 위고 영감의. 그는 선구자였어. 당신 『무시무시한 시대』라는 책을 읽어 봤어요?"

플뤼슈는 젊은 사람들이 사랑 이야기를 하듯 정치를 논했다. 그것도 그칠 줄 모르고 말이다.

"나 말이요, 나는 사회주의 노동조합원*이죠." 하고 말문을 열었다. "나는 지상의 시민이요. 태양 동무는 모든 사람을 위해서 반짝이고 있습니다."

케넬은 용케 빠져나갔다. 그래서 플뤼슈는 책 읽기에 다시 골몰하는 것이다. 한 손으로는 음식을 젓고 다른 한 손으로는 책장을 넘겼다. 한쪽 구석에는 포도주가 든 술잔이 놓여 있었다. 그는 높은 목소리로 읽었다. 눈알을 굴리며 뺨을 불룩거렸다. 그렇게 그의 목소리는 마치 북풍처럼 시근덕거렸다.

8시가 됐다. 토끼는 구워졌다. 그러나 베르트 플뤼슈, 큰길 요리점의 웨이트레스인 그의 아내는 아직도 돌아오지 않았다.

"초과근무라도 모양이군." 하고 그는 혼잣말을 했다. "헌데 이 많은 음식은? …… 그렇지, 내 요리를 주인들에게 맛보여 줄 수 있겠군."

그는 아래층으로 내려갔다.

"주인, 내가 만든 토끼 요리를 가져왔수다."

---

* Syndicaliste-socialiste.

"아! 아! 마늘 냄새가 좋군 그래." 하고 르쿠브뢰르는 말했다. "너무 고마운걸……."

"마누라가 돌아오질 않아서 내가 혼자 먹어 치울 수가 없어요……."

루이즈가 식탁 준비를 하는 동안 플뤼슈는 주인의 어깨 위에 손을 얹고 말했다. "내 마누라는 여성 동무요. 나는 그녀에게 "너는 너의 편으로 가라. 나는 나의 편으로 가겠다." 하고 말해요. 그러니까 싸움이라는 것이 결코 일어나지 않죠."

자기가 코퀴*라는 것을 모르는 사람은 이 호텔에서 저 혼자뿐이었다.

"젠장할 마리위스!" 하고 르쿠브뢰르는 말했다. "이리 와 식탁에나 앉구려."

---

* 부정한 아내의 남편.

23

가방을 겨드랑이 밑에 끼고 샤르돈로의 작은아들이 학교에서 온다.

"너의 어머니 늦게 오실 거다." 하고 루이즈는 말한다. "자, 너의 어머니가 놓고 간 열쇠다."

생기 없고 얼굴이 늙은이 같은 허약한 아이 폴은 감사하다는 말을 한다. 그러고는 계단으로 돌진한다. 그 뒤를 따라 그의 '친구'인 바두르가 그의 다리에 달라붙어서 2층까지 뛰어 쫓아간다.

폴은 자기 큰형의 방 앞에서 발을 멈춘다. (푸줏간에서 일하는 가브리엘은 군대 복무를 하고 돌아온 후 그곳에서 살고 있었다.) 그는 문을 두드린다. 아무 대답이 없다.

그의 부모가 들어 있는 방은 호텔에서 가장 큰 세 사람 몫의 방으로 복도 구석에 있다. 면적이 4미터와 5미터인 방으로 오른편 구석은 부엌으로 쓰인다. 폴은 도배된 벽지 색깔을 좋아한다. 그리고 강둑에 면한 들창을 좋아한다. 거기에서 조금만 몸을 굽히면 기가 꽂힌 감시 초소와 거룻배들이 멈춰 있는 문이 보이는 것이다. 부엌에는 빛이 드는 조그만 창이 있어, 굴뚝 여러 개와 비샤 거리의 세탁소가 보였다. 그러나 빨래를 하는 세탁부들을 보려면 폴은 의자 위로 올라가야만 했다.

샤르돈로 일가는 2년 전부터 파리에서 살았다. 처음에는 라페 둑의 호텔에서 살다가 다음으로는 길가 한구석에서, 그러고는 북호텔……. 샤르돈로의 아버지가 라투슈 집에서 마차꾼 자리를 얻은 날부터 그곳으로 이사를 한 것이다.

폴은 열한 살이다. 숙제를 마치면 둑 위로 놀러 갔다. 친구들과 함께 차 뒤를 따라 달리거나 낚싯줄로 고기 낚는 것을 바라보았다. 그러나 언제든 놀자 판은 아니었다. 가정부 노릇을 하는 그의 엄마는 바깥에서 하루 온종일 일을 했다. 그래서 자주 그는 엄마 대신 장을 봐야 했다…….

샤르돈로 아줌마는 테이블 위에 살 물건 목록을 적어 놓고 나간다. 폴은 그 종이를 주머니에 집어 넣고 망태기를 들고서 계단을 뒹굴듯이 뛰어 내려간다. 그는 쇼프데셍즈 앞에서 발을 멈추고는 커튼 사이로 당구 치는 것을 강렬한 눈길로 구경한다. 그러고는 길을 건너 진열장 앞에서 어정거리는 것이다. 모든 것이 다 부러웠다.

"오늘도 너구나!" 하고 빵집 주인은 말한다. 폴은 고개를 끄덕거리고 자기 통장을 내놓았다. (엄마는 어디서든지 외상 거래로 물건을 샀던 것이다.) 그랑즈오벨 거리에서 여자와 팔짱을 끼고 오는 형과 우연히 마주쳤다.

"아! 가브리엘 형."

"저리 가, 임마." 하고 형은 대답한다.

폴은 호텔로 돌아와서 주인이 따라 주는 리터들이 술병을 몇 개 받아 망태기 속에 잘 넣고서 가게를 나온다. 몸을 굽히고 팔에는 무거운 짐을 꿰고서 층계마다 타닥타닥 발소리를 내면서 계단을 올라간다.

부드러운 손이 그의 머리를 쓰다듬었다.

"안녕, 꼬마야."

호텔의 다른 측면에 사는 레몽드 양이 인사를 했다.

자기 방에 닿자 폴은 창가로 뛰어가서는 두근거리는 가슴을 느끼며 유리창에 얼굴을 붙였다. 자기 방에서 왔다 갔다 하는 레몽드의 그림자가 보였던 것이다. 그는 단단히 커튼에 달라붙었다.

별안간 웬 손이 어깨를 쳤다.

"거기서 무얼 하고 있어?

가브리엘 형이었다. 그는 레몽드의 그림자를 보고 말았다.

"아! 그래, 좋아. 네가 무엇을 하며 시간을 보내는지 엄마에게 이야기해 주지……. 가서 접시나 닦아."

폴은 교활하게 다시 창으로 돌아간다. 의문들이 그의 입술에 타는 듯 버글거린다. 그는 반짝거리는 눈빛으로 형을 바라본다.

"너, 레몽드가 속옷 입은 모습 보지?" 가브리엘은 그렇게 묻고는 으스대며 말하는 것이었다.

"난 말이야, 레몽드를 알고 있어."

"나 역시도 아는 사이야."

"네가 아는 것은 나와는 달라. 술이나 한 잔 부어. 이 코흘리개야!"

폴은 식사 준비를 했다. 가브리엘은 의자 위에 말 탄 자세로 걸터앉아 허리를 웅크리고 멍청한 얼굴을 하고서 술을 마셨다. 무거운 발소리가 들려오더니 문이 열렸다. 유쾌하게 휘청거리면서 아버지가 손에 말채찍을 들고 들어왔다.

"아빠!" 하고 폴이 말한다.

샤르돈로는 그를 떨쳐 버리며 말한다. "붉은 포도주를 한 잔 따라와." 그는 자리에 앉으며 축축한 콧수염을 손으로 훔치고는 마구간 냄새가 풍기는 조끼를 벗는다.

"빵을 자를까요?"

별안간 샤르돈로 아줌마의 엄한 목소리가 울려 온다. 가브리엘은 얼른 가서 문을 연다. 샤르돈로도 일어난다.

"자네 오기를 기다리고 있었어. 수다쟁이 어멈아."

그녀는 투덜거리는 불평으로 그에게 답한다. 샤르돈로 아줌마는 망토를 벗어젖히며 딱딱한 표정을 짓고 곧 때릴 듯이 손을 들었다. "저녁 준비 됐어, 폴?"

폴은 거짓말을 시도했으나 그의 엄마는 부엌으로 갔다. "이리로 좀 와 봐! 비프스테이크 세 쪽을 사오라고 했는데 이게 뭐야?" 엄마는 따귀를 때린다. "이 쓸모없는 자식아!"

그녀는 되는 대로 저녁을 차리기 시작했다. 갈비, 달걀 프라이. 언제나 같은 보통 식사. 그들은 식탁에 앉아 식사를 한다. 그러나 아무도 말을 않고, 접시 위에 얼굴을 숙이고, 턱만 움직이면서 그저 먹기만 한다.

"폴, 내려가서 술 1리터만 사 와." 하고 명령한다. 아들이 나가기를 기다렸다가 그녀는 자기 주머니에서 꾸러미 하나를 꺼냈다.

그녀는 명주로 된 슈미즈를 거기에서 꺼내 보이며 말했다. "이 것 봐요, 영감, 르크레르 부인의 침대 밑에서 주웠어요." 그러고는 뼈가 앙상한 얼굴에 주름을 지었다. "이런 내의를 굴러다니게 하다니 딱한 일이지!"

샤르돈로가 물었다.

"돌려줄 거지?"

"미쳤어, 당신은! 가브리엘, 내가 이 슈미즈를 갖는 것이 옳지 않다고 생각되니?"

"뭐라고요! 주인들이……." 하고 아들은 대답했다.

그는 경멸스럽다는 듯 바닥에 침을 탁 뱉었다. 세 사람은 서로 얼굴을 마주 보며 아무 말도 하지 않았다. 샤르돈로 아줌마는 짧은 윗도리 속에 내의를 감추었다.

"호텔에 있는 여자에게 언제든 팔아 먹을 수 있을 거야."

24

빗줄기가 유리창을 때리고, 바람이 미친 듯이 불어 댔다. 루이즈는 자리를 떠나서 창 밑 반커튼을 쳐들었다. 둑 가에는 사람 하나 없이 적적했다. "오늘 저녁에는 꽹이 새끼 한 마리도 볼 수 없겠는걸." 그의 남편은 잠들어 있었다. 그녀는 바두르를 바라보았다. 개는 불 가까운 곳에 등을 구부리고 자고 있었다. 그녀는 자기의 반짇고리를 집었다.

별안간 문이 열리고 한 남자가 가게 안으로 들어왔다.

"그만, 그만 짖어!"

루이즈는 개를 보고 소리쳤다.

낯선 사람은 중산모자의 빗물을 흔들어 떨면서 말했다.

"웬놈의 비가 이리 와!" 그는 마흔쯤은 되어 보이는 남자로 깡마르고 수염을 길렀으며 검고 긴 외투를 걸치고, 신발까지 내려오는 바지를 입고 있었다.

"빈 방 있습니까?"

"네, 에밀! 여보, 에밀⋯⋯." 르쿠브뢰르는 눈을 떴다.

"손님을 3호실로 안내하세요⋯⋯. 먼저 손님의 이름을 말씀해 주셔야겠는데요."

"라드⋯⋯."

별안간 기침이 솟아 나와 말끝이 막혔다.

"라드베즈." 하고 그는 쉭쉭 하는 소리를 내며 겨우 말했다. 그는 자기 가방을 들고 르쿠브뢰르의 뒤를 따라갔다.

"운하 쪽으로 면한 좋은 방이죠. 공기도 통하고." 하고 르쿠브 뢰르는 설명했다.

"조용합니까?"

"소리라곤 없죠. 여기선 10시가 되면 모든 사람들이 잡니다. 여긴 은근짜들을 데리고 오는 호텔이 아닙니다⋯⋯. 손님 들 으시라고 이러는 것이 아닙니다. 만약 손님에게 단골이 있다 면⋯⋯."

라드베즈는 피하는 몸짓을 보였다. 르쿠브뢰르는 나와 버렸다.

"점잖은 사람인데." 하고 그는 루이즈에게 말했다. 루이즈도 고개를 끄덕였다.

⋯⋯이튿날 아침 라드베즈가 가게로 내려오자 루이즈는 새로 온 그를 자세히 보았다. 유령 같다고 할까, 큰 막대기 같다고 할 까. 해골같이 말라서 휘청거리는 사람으로, 창백한 얼굴에다 열 기 띤 눈초리를 지닌 남자였다⋯⋯. 무엇인지 이상한 냄새를 풍 기는 사람이었다!

"어제 저녁 기침을 하시던데요." 하고 루이즈가 말했다.

"감기에 좀 걸려서요." 하고 그는 대답하며 난롯가에 앉았다. 그러나 얼마 안 있어 갑작스럽게 기침을 시작하더니, 머리를 흔들면서 몸을 구부렸다. 마치 폐 속을 토해 내듯이. 그렇게 몇 번을 반복한 다음, 손수건에다가 조심스럽게 담을 뱉는 것이었다.

"탕약을 조금 해 주실 수 있어요?"

"그보다 그로그를 마시는 게 좋을 거예요. 땀을 내게 하니까요. 그러고 나면 몸이 편해질 거니까."

"안 돼요, 안 됩니다……."

그는 목이 메어 숨이 막혀서 말했다.

"티욀* 즙을 좀."

루이즈는 탕약을 우려내 주었다. 그리고 그것을 마시는 그의 모습을 바라보았다. 환자였다. 그러한 생각만으로도 그녀는 등이 오싹했다. 라드베즈는 그녀가 그렇게 생각하는 바를 알아차린 듯이 의심에 찬 눈초리로 루이즈를 훑어보고는, 일어나서 자기 방으로 되돌아갔다.

그는 오후에 내려오지 않았다. 그리고 그날 이후 통 나타나질 않는 것이다. 기침하는 소리만이 들려왔다. 숙박인들은 놀라서 물었다.

"뭐요, 저 3호실의 친구는?"

"새로 든 손님이에요."

루이즈는 대답했다.

루이즈는 얼굴을 찡그리고 생각에 잠기곤 했다. 하루에도 여러 번씩 수프와 탕약을 가지고 그녀는 라드베즈의 방으로 올라갔다. 그는 누워서 담요 아래 두 무릎을 곧추세우고 있었다. 약 냄새가 방 안에 가득 차 있었다. 공기를 바꿔야 하고, 침대 요도

---

* 탕약의 일종.

손질해야 하고, 테이블 위도 정돈해야 했다. 라드베즈는 천장에다 시선을 붙이고, 고통스럽게 호흡하고 있었다. 그의 얼굴과 두 손은 땀에 축축해져 있었다. 갑자기 그는 외치는 것이었다. "놔두세요, 르쿠브뢰르 부인. 나는 이제 아무것도 필요하지 않습니다." 참 괴상한 사람이다!

그처럼 두 주일이 지나갔다. 어느 날 아침 루이즈는 다음과 같이 암시를 해 주었다.

"전문의에게 가서 진찰을 받는 것이 좋겠어요."

"의사요? 나는 그들을 너무 잘 알죠." 라드베즈는 환상에서 깨어난 듯이 웃으며 말했다. "파리에 오면 병이 쾌유되고…… 그 외의 것은 잊게 될 줄 알았어요."

그의 입술은 바들거리며 떨렸다. 급작스러운 격한 발작에 그는 숨이 막혔다. 루이즈는 그를 부축해 일으켜 주고, 탕약을 먹여 주어야만 했다. 그가 안정되자, 고백의 순간은 그것으로 그쳤다.

숙박인들은 그에 대해 궁금해했다. "그는 무엇하러 파리로 왔대요, 쥔아주머니?" 루이즈는 천장을 가리키며 말했다.

"그 사람에게 물어보세요. 나도 그 사람에게 한마디도 듣지 못했으니."

숙박인들은 입을 다물었다. 드디어 미마르가 중얼댔다. "저 친구는 죽어 가고 있어." 페리캉이 옆에서 덧붙였다. "설마 전염은 안 되겠지?"

루이즈는 고개를 흔들었다.

"내가 그를 돌보고 있어요. 내가!" 그때 별안간 라드베즈가 숨을 헐떡이며 담을 뱉는 소리가 들려왔다. 기침 소리는 가을의 세찬 바람처럼 호텔 속을 꿰뚫고 울렸다.

　라드베즈가 호텔을 나간다는 소식을 루이즈가 알리자, 호텔 손님들은 전부 마음을 놓았다. 생루이 병원에 입원하도록 마음 먹게 하기 위해 루이즈는 술책을 쓰고, 설득하고, 거의 위협을 하지 않으면 안 되었다. "당신 짐들은 여기다 놔 두세요. 그리 오래 거기에 있진 않을 테니까요."

　……오래 가지는 못했다. 루이즈는 두 번 병자를 보러 갔다. 세 번째 찾아갔을 때 침대는 비어 있었다. 라드베즈는 전날 밤 죽었던 것이다.

　그 후 보름이 지나서였다. 르쿠브뢰르 집 사람들은 한 여자가 가게로 들어오는 것을 보았다. 엄격하고 의젓한 모습이었는데, 얼굴은 베일 속에 감추어져 있었다.

　"제 소개를 하겠습니다. 저는 라드베즈의 부인입니다."

　목소리는 메마르고, 몸짓은 어색하였다. "남편이 여기서 묵고 있었죠……. 짐들은 간수해 두셨습니까?"

　루이즈는 고갯짓으로 대답하고 열쇠를 꺼냈다. "방으로 안내해 드리죠."

　"이런 지저분한 방에서 묵었어요?"

　둘이 방에 닿자 라드베즈 부인은 말했다.

　"지저분한 방?" 하고 루이즈는 말대답을 했다. "지저분한 방이라! ……당신 말씀 한번 잘 하시는구려! 자, 여기 있어요, 이게 당신 남편의 짐입니다."

　라드베즈 부인은 장갑을 벗고 베일을 젖히고선, 코안경을 코 위에 걸치고 나서 유품들을 자세히 살펴보기 시작했다. 그녀는 물건들을 하나씩 하나씩 집어서 더듬어 보고는, 눈동자 속에 만족스러운 빛을 띠고서, 자기 가방 속에 물건들을 챙겨 넣는 것이었다.

"됐습니다." 하고 챙기는 게 끝나자 그녀는 말했다.

"우산이 하나 있죠. 안 그래요?"

"???"

"흑상아로 상감된 은 손잡이 우산 말이에요."

루이즈는 양팔을 올렸다.

"여봐요, 생각해 보세요. 그것은 귀중한 건데요……."

"나는 그가 우산을 가지고 있는 것을 본 적이 없는데요."

"놀랄 일이군요. 여기 외에는 그것이 있을 데가 없어요. 찾아봐 주세요……. 그이는 자기 우산을 손에서 놓은 적이 없어요. 결혼 선물로 받은 거니까요."

"기차 속에서 잊어버린 모양인가……."

"아! 아니에요. 당신은 우리 남편을 몰라요. 부인." 그러고는 짧고 모욕적인 웃음을 짓고는, 날카로운 목소리로 말했다. "누가 훔쳐 갔어."

루이즈는 분노가 치밀어 올랐다. 이 욕심 많고 건방진 여자 앞에서, 루이즈는 팡텡 묘까지 따라갔던 그 불행한 장례식 행렬을 생각했던 것이다. 루이즈는 더 이상 참을 수가 없었다. 아무렇게나 짐을 들어서 라드베즈 부인에게 안겨 주고는, 계단 쪽으로 그녀를 떠밀었다.

"빨리 가 버리세요! 어서 가 버려요!"

루이즈는 멍하니 서 있었다. 흥분해서 얼떨떨했던 것이다. 아래층에서 라드베즈 부인이 외쳤다.

"그의 우산을 찾으시면 편지로 알려 주세요!"

25

델핀과 쥘리 펠브와젱 자매는 시골에서 생활하듯이, 호텔에서 살고 있었다. 둔하고, 무슨 일에도 좀스럽게 너무 마음을 써서 앞날에 대한 걱정이 많고, 요행 앞에서는 맘을 못 놓는 그녀들은 전혀 외출을 하지 않았다. 바깥의 소음들과 차단된 방은 마치 그녀들의 모습과 같았다. 말하자면 우아함도 없었으며 풍채도 없었다. 거기에선 노처녀들인 그녀들의 공상만이 피어나고 죽어 가곤 했던 것이다.

델핀은 서른여섯 살이고 쥘리는 서른하나였다. 둘은 서로 비슷했다. "마치 쌍둥이들 같아." 하고 루이즈가 말하듯이 같은 얼굴 선이라든지 핏기 빠진 살결과 광채 없는 흐릿한 눈초리가 정말 비슷하게 닮았던 것이다. 허나 델핀의 오른쪽 뺨 위엔 털이 난 무사마귀가 박혀 있었고, 꽉 다문 입술은 까다로운 얼굴 모습을 보여 주었다. 반면 쥘리의 얼굴은 부드러움을 보여 주었다. 둘은 크고 질질 끌리는, 색깔이 충충한 같은 옷을 입고 있었다.

몇 겹으로 껴입은 하의 때문에 허리는 둥글게 보였다. 꽉 쥔 코르셋을 입고, 무명 장갑을 껴서 말라 빠진 손들을 감췄다.

의외의 일이란 생길 수 없는 그런 생활이었다. 6시에 일어나 아침을 먹고 머리에 수건을 쓰고 정성껏 청소를 하는 것이었다. 루이즈는 그들의 정성스러운 청소를, 숙박한 손님들에게 모범으로 삼아 주고 있었다. 쥘리는 코르셋을 만드는 여직공이었다. 청소를 마치면 공장으로 향했다. 델핀은 집에서 기성복을 만들었기 때문에 창 가까이 자리를 잡고 앉아서 점심때까지 바느질을 했다. 점심은 혼자서 먹었다. 동생은 점심을 싸 가지고 다녔기 때문이다.

저녁때 쥘리가 먹을거리를 사 가지고 돌아오면 델핀은 자기들의 검소한 저녁을 마련하는 것이다. 그들은 편히 식탁에 자리를 잡는다. 둘 다 꽃무늬가 있는 실내복으로 바꿔 입고 있었다. 쥘리는 먹으면서 종알댔다. 무엇이든 공장의 이야깃거리를 언제나 가지고 왔던 것이다. 그러나 델핀은 때때로 차갑고 짧은 말로 쥘리를 나무랐다.

그들은 신문을 나눠서 첫 페이지부터 광고란까지 읽었다. 델핀은 3면 기사를 풀이하며 모든 것을 제멋대로 잘라 말했다. 동생은 머릿짓을 하면서 동의를 표했으나 정신은 딴 데에 있었다……. 문들이 열렸다 닫혔다 했고 젊은 사람들이 복도에서 떠들어 대면서 페르낭드인지 레몽드인지를 붙들고 이야기하는 것이 들려왔던 것이다.

"아이구, 친한 건달들!" 하고 델핀은 조소를 보냈다. 그러고는 일어나서 "저런 작자들……." 어쩌고 중얼대는 것을 쥘리는 들었다. 델핀은 안전 빗장 ─ 그녀가 특별히 호텔 주인에게 청해 받은 것이다. — 을 잠그고 잠옷을 입고서는 "자, 자자!" 하고 결정을 하는 것이었다.

그녀들은 창문을 닫고서 잠을 잤다. 쥘리는 벽 쪽에서 숨이 막혀 가지고 이불 밑에서 이리저리 뒹굴었다.

"왜 그러니?" 하고 델핀이 투덜댔다. 그녀는 관 속에 잠겨 있듯이 침대 위에 쭉 뻗고 누워 있었다. 숨쉴 때마다 규칙적으로 움직이는 우뚝 솟은 메마른 가슴을 위로 내놓은 채 그녀는 곧 잠이 들어 버렸으나, 쥘리는 그러는 동안 자신의 '들뜬 생각'과 싸우고 있었다.

……날마다 변화 없는 그런 세월이 흘렀다. 신년 초엔 두 자매는 시골집에서 편지를 받고 편지를 몇 장 써 보냈다. 7월에는 둘이서 합의를 해 시골에서 일주일의 휴가를 보내는 것이었다. 토요일마다 둘은 저축은행에 저금을 하러 갔다. 그것이 그들이 함께하는 유일한 외출이었다.

첫 추위가 찾아오자 델핀은 감기에 걸려서 침대에 누웠다. 쥘리는 아래층에 내려가 가게에서 아침을 먹게 되었다.

자신이 없는 목소리로 르쿠브뢰르에게 크림 커피를 청해서 머리를 들지도 않고 마셨다. 순간마다 문이 열리고 새로운 손님이 들어오고, 주인은 쾌활한 말로 손님들을 맞이했다. 공감의 흐름이 이 모든 사람들 사이에 존재하고 있었다. 그러자 쥘리는, 잘 이해할 수 없지만, 자기의 고독을 한층 더 아프게 느꼈다. 루이즈는 이 두 자매를 좋게 평가하는 터라 몇 마디 상냥한 인사를 했다. 쥘리는 미소로 대답을 해 주었다. 그녀는 서투르게 카운터에 팔꿈치를 괴고 서서 거울에 비친 자기 모습을 바라보았다. 잔이 비었다. 그러자 생각에 잠겨서 가게에서 나왔다.

어느 날 아침 마르셀이 쥘리 옆에 자리를 잡았다. 그는 라투 슈네 마차꾼인데 모험적이고 말 많은 젊은 친구로서 저지 스포 츠 스웨터 위로 가슴이 툭 벌어져 나와 있었다.

"커피 한 잔, 주인……. 댁의 방에는 언제나 귀여운 처녀들이 있어요." 그러면서 자기 곁에 있는 여자에게 곁눈질을 보냈다. 쥘 리는 얼굴이 빨개졌다. 브리오슈 빵 한 덩어리가 잘못해 기도로 들어갔다.

"넘어가지 않아요?" 하고 마르셀이 물었다.

"아뇨, 괜찮아요." 하고 쥘리는 눈을 아래로 깔고 대답했다. 그 러고는 손수건을 입에 대고 태연한 척했다.

"주인! 마드무아젤에게 한 잔 따라 주쇼." 하고 마르셀이 주 문을 했다.

그녀는 거절하려 했으나 르쿠브뢰르는 이미 술을 따라 났다.

"감사합니다. 퍽 친절하시네요." 쥘리는 조금씩 잔을 비웠다. 알코올은 그녀를 좀 더 대담하게 만들었다. 그녀는 고개를 들고 마르셀을 뚫어지게 바라보았다.

"말굴레를 씌워야지." 하며 아무렇게나 악수를 하고 마르셀 은 회초리를 울렸다. 쥘리는 그가 떠나는 모습을 바라보았다.

그녀는 이 일에 대해 언니 델핀에게 한마디도 하지 않았다. 다음 날 가장 아름다운 블라우스를 입고 빨리 아래층 가게로 내려갔다. 마르셀은 거기에 와 있었다. 그는 모자를 올려서 인사 를 했다. 그는 테이블 위에 팔꿈치를 괴고 수염을 비벼 대면서 여러 가지 것들을 물었다. 쥘리는 모든 사람의 시선이 자기에게 쏠린 것같이 생각되었다.

쥘리는 공장에서도 끊임없이 마르셀 생각을 했다. 그의 찬사들이 귀에 윙윙거렸다. 저녁때가 다가왔다. 쥘리는 천천히 호텔로 돌아왔다. 자기의 그 연애 사건에 대해 입을 떼지 않기로 결심을 하고······.

그다음 날 마르셀은 카운터에 나타나질 않았다. 쥘리는 바깥으로 나갔다. 걱정이 돼서 말이다. 그는 문 앞에서 짐마차를 가지고 그녀가 나오는 것을 기다리고 있었던 것이다.

그는 말했다. "중앙 시장에 나가는 길인데요. 근처까지 내 마차로 바래다 드리죠."

그녀는 가게 쪽에 눈길을 던졌다. 아무도 자기를 보는 사람이 없었다. "그러죠."

그는 쥘리가 올라오도록 손을 잡고 도와주었다. 자신의 덮개로 앉을 자리를 마련해 주고는 한 손으로 말고삐를 잡고 다른 한 손으로 채찍을 흔들며 소리쳤다. "이랴, 블랑셰트!"

좁은 자리 위에서 쥘리는 마르셀과 붙어 앉았다. 마차는 덜거덕거리며 요동했다. "당신을 붙잡아 주어야겠어." 하고 마르셀이 말했다. 그가 자기 허리에 손을 둘러 잡았으나 쥘리는 하는 대로 놔 두었다. 그들은 세라스토폴 큰 거리를 내려갔다. 상반신을 뒤로 젖힌 채 두 다리를 펼치고서는 마르셀은 욕지거릴 하며 혼잡한 거리를 달리곤 모독적인 언사를 뱉으면서 자동차 사이를 대담하게 뚫고 들어갔다.

"무서워할 것 없어요. 쥘리 양. 내가 잡고 있으니까요." 그러면서 그 여자를 한층 더 꽉 껴안았다. "호텔에 있는 사람들이 우리의 이 모습을 보면 무어라고 말들 할까요?"

쥘리는 얼굴이 붉어졌다. 눈앞의 모든 것이 흐려 보였다. 지나가는 모든 사람들이 자기를 보는 것같이 생각되었다. 다행스럽게도 마차는 좁은 길로 들어섰다. 별안간 마차가 멈추었다.

"한두 걸음만 가면 당신 공장입니다." 하고 마르셀이 알려 주었다. 쥘리는 너무 일찍 도착해 실망한 눈길로 그를 보았다. 고맙다고 말하려고 입을 열자 별안간 그가 몸을 굽히고 키스를 했다. "팁입니다!"

공장에 들어가며 그녀는 행복에 취해서 정신을 잃을 지경이었다. 마르셀의 키스는 그녀의 입술을 불태웠다.

"그이는 나를 사랑하고 있어. 그이는 나를 사랑해." 하고 몇 번이고 반복했다.

며칠 후 델핀의 감기가 나았다. 그러자 동생을 심문했다.

미간을 찌푸리며 그녀는 말했다.

"요즘 네 모습이 묘하다. 너 말이야, 얼마 전부터 먹지도 못하지, 잠도 잘 못 자지. 그게 무엇을 뜻하는 거지? 무언가 내게 숨기고 있지?"

"아냐, 정말이야." 하고 쥘리는 대답했다.

쥘리와 마르셀은 또 한번 마차로 산보를 했다. 그때보다 더욱 힘차게 그녀를 껴안은 마르셀은 데이트를 청했다. 그러나 혼자 나갈 수 있는 구실을 어떻게 만들어 낼 수 있을 것인지?

토요일에 돌아오면서 쥘리는 언니에게 다음과 같이 알렸다.

"언니, 공장에서 야근을 해야 돼."

델핀은 저녁을 준비하다가 머리를 들고 말했다.

"네가 야근을 해? 참 놀라운 일인데."

"응, 대량 주문을 하나 맡은 모양이야……."

델핀은 동생의 말을 가로채서 "대량 주문이라." 하고는 실내복 주머니에서 사진을 한 장 꺼냈다. "이것은 뭐냐, 대체."

마르셀의 사진이었다. "내 물건들을 뒤졌구나." 하고 쥘리가 외쳤다. 그러고는 의자 위에 쓰러져 버렸다.

"흥! 울려면 울어라. 그래도 나는 아무렇지도 않으니까." 하고 델핀은 날카롭게 외쳤다. "곁에 사는 여자들처럼 너를 놔 둘 수는 없어. 결코 허락 않지, 결코, 결코!" 델핀은 숨을 돌리고 쉭쉭 소리내며 말했다. "나 역시 예전에, 나 역시 하마터면 넘어갈 뻔했어……. 그래도 회사 사무원과였으니 너보다는 내 취향이 나았지! 어느 날 저녁이었어. 우리는 데이트를 약속했어. 그래서 나는 두 시간이나 기다렸지……. 그런데 그는 오지 않았어!"

그녀는 미친 듯이 방안을 거닐며 팔로 허공을 후려치며 입을 오그리고 말했다.

"제 언니를 속이고 떠나서 그 불량한 놈에게로 가려고! 은혜를 모르는 계집애! 너는 이제부터 여기서 못 나가. 알아들었어? 이제 공장에도 갈 것 없어! 나처럼 집 안에 앉아서 기성복이나 만들잔 말이야……. 아래층의 카페에도 결코 내려보내지 않을 테니까. 그리고 네 사진…… 자아!"

델핀은 사진을 여러 조각으로 갈기갈기 찢었다.

쥘리는 듣지 않았다. 창피함과 실망에 짓눌려서, 그러나 이미 그것이 자기 숙명이라고 체념하고 머리를 어깨 속에 파묻고 흐느껴 울었다.

26

드라마 배우인 라울 파르주는 사무실 앞에 멈추어 섰다.

"편지 오지 않았어요?"

"아뇨, 없는데요." 하고 르쿠브뢰르는 대답했다.

걱정스러운 모습을 하고 파르주는 계단을 올라갔다. 카지노와의 약속 이후 그는 한 달이나 초조하게 회답을 기다려 왔다. 쉬잔과 그의 아이(열 살 되는 어린 신동)는 즐거운 그날을 기다리면서 라벨을 만들고 있었다.

"새 소식이 없어요?" 하고 그의 아내가 물었다.

그는 머리를 끄덕이고 방을 왔다 갔다 했다.

"여봐요, 실망할 것 없어요." 하고 쉬잔은 말했다. "당신은 재주가 있으니 반드시 계약이 되고 말 거예요."

"재주라고?" 그는 냉소를 하며 말한다. "오늘날은 말이야, 이 것 봐, 재주라는 것을 사람들이 문제 삼지 않는 세상이야."

"그런 말 마세요, 라울. 참, 뒤프레 씨도 영화에 출연했어요."

그는 어깨를 으쓱해 보이고 창 옆에 팔꿈치를 기댔다.

발미 둑의 집들이 소나기가 쏟아질 듯한 하늘에 선명히 떠 있는 듯 보였다. 찌는 듯한 더위였다. 구경 좋아하는 사람들 한 떼가 쇼프데셍즈의 주인을 치켜보고 있었다. 그는 마로니에 나무 위에 올라가서 옥양목 띠를 장치하고 줄에 매단 초롱들을 길을 가로질러 달고 있었다.

"라울, 여보." 하고 남편의 뒤를 따라 들창가로 온 쉬잔이 말했다. "저 사람들보고 이번 축제를 당신이 주재하게 해 달라고 청해 보면 어때요?" 그러고는 쉬잔은 힘차게 덧붙였다. "당신은 전에 무대 감독을 했잖아요."

라울은 미간을 폈다. "물론 금전적으로 어려움이 있을 것은 아니겠지만." 그러곤 한동안 생각에 잠겼다가 "그렇지만 촌극 일막 정도는 상연할 수 있을 거니까." 하고 말을 이었다.

"그렇죠, 정말. 그리 되면 르쿠브뢰르네 방세도 치를 수 있을 거고요."

라울은 그 말은 듣지도 않고 "쉬잔." 하고 팔을 펼치며 말했다. "봐, 나는 감시 초소의 둘레를 색 접시로 장식하고 수문에다가 여러 색깔의 기를 달아 놓겠어. 아주 베니스의 축제처럼 꾸밀 테야."

그는 두 손을 비벼 대면서 말했다. "그런 7월 14일 기념일은 보지 못했을 거야!"

그는 펠트 모자를 집어 들고 말했다. "내려가 보겠어."

르쿠브뢰르는 문가에서 댄스홀 차리는 것을 바라보고 있었다.

"안녕하십니까, 주인!"

"방 값을 치르시려고?"

라울은 몸을 굽히고서 말했다.

"일거리를 하나 말씀드리려고 왔죠."

그는 말솜씨가 좋았다. 자세하게 자기 계획을 설명했다. 르쿠브뢰르는 당혹했다. "하여간에 귀스타브에게 의견을 물어봐야겠어요." 르쿠브뢰르는 말했다. 그러고선 그들은 둘이서 쇼프데셍즈의 주인을 만나러 갔다.

라울은 갖은 사설을 다 떨었다. 결국 그들의 결심을 굳히기 위해서 "촌극 일막을 상연하겠어요." 하고 라울은 선언했다.

르쿠브뢰르는 눈이 둥그래져 "뭐라고……?" 하고 물었다. 그러나 귀스타브는 '쇼프'의 좋은 선전거리라는 것을 직감하고선 라울의 어깨를 두드리며 "좋아, 그럽시다!" 했다.

파르주의 가족들은 라벨들을 팽개쳤다. 라울은 활짝 기분이 좋아져서 고안을 해 보고 의논을 하고, 명령을 내리곤 했다. 그의 아내는 무대 옷들을 손질했다. 호텔에 숙박한 손님들은 모두 라울을 둘러싸고 '그 축제'에 대해 자세한 설명을 해 달라고 했다.

"조금만 참으시오." 그는 보호자 같은 의젓한 목소리로 대답했다.

14일, 저녁을 마친 다음 라울은 마지막으로 그의 촌극 「로자리」를 반복 연습했다. 한 나이 어린 하녀가 주인들이 베풀려는 연회의 틈을 타서 봉급 인상을 요구하려는 그러한 줄거리였다.

촌극은 재미있었다. 파르주 소년이 변장을 하고서 로자리 역할을 했다. 라울은 방을 왔다 갔다 했다. 반면에 쉬잔은 의자에 축 늘어져 앉아서 외쳐 댔다. "그건, 애, 협박이구나!" 파르주는 언제나 훌륭한 효과를 가져다주는 로자리의 사투리를 믿는 바였다.

별안간 악대 소리가 들려왔다. 젊은 파르주는 창가로 뛰어갔다.

"아버지! 야간 횃불 행렬이야!"

그 거리의 모든 사람들이 길거리에 나와 있었다. 아이들은 폭죽을 터뜨렸다. 다른 아이들은 초롱불을 흔들어 댔다. 그 떠들어대는 소리들 속에서 군중들을 제재하려고 애쓰는 귀스타브의 목소리가 뚜렷하게 들려왔다. 행렬은 제마프 둑 기슭을 따라 「마르세이예즈」*를 크게 부르면서 행진해 갔다. 그러더니 비샤 거리에서 구부러졌다. 얼마 안 돼서 고함 소리들이 사라져 버렸다.

"다시 시작하자."

라울이 말했다.

"너는 너의 어머니에게 다음과 같이 대답해. '퀀 마님, 아무것도 안 되는 것을 받고 봉사해 드릴 생각은 조금도 없습니다.'"

……상연 시간이 다가왔다. 쇼프테셍즈는 장식된 조명으로 반짝거려서 마치 카페 콩세르**와 유사했다. 길쭉한 깃발들과 꽃장식들과 기들로 실내가 화려하게 장식됐고, 그 실내에는 조그만 무대가 우뚝 세워져 있었다. 관객석의 첫 줄에는 최근 라투슈와 결혼하여 득의만면한 푸아생 아주머니와 총각 신세를 청산한 미마르, 그리고 루이 영감, 페리캉, 북호텔의 새로 온 가정부, 레몽드, 페르낭드와 그들의 남자 친구들이 자릴 잡고 있었다. 늦게 온 사람들은 테라스에서 붐벼 댔다.

이 소요 속에 귀스타브는 외쳤다.

"라울네 가족 극단."

파르주의 가족들은 박수 갈채 속에 등장했다. 라울은 몸을

---

* 프랑스 국가.
** 식사와 음료를 들면서 음악이나 공연 따위를 즐길 수 있는 곳.

굽히고 절을 했다. 그는 "굉장한 관객인데." 하고 자기 아내에게 소곤댔다. 조용히 하도록 세 번 두들겼다. 그런 다음 안락의자에 턱 앉았다. 그러고는 그 효과에 자신을 갖고서 잘 다듬어진 목소리로 말했다.

"이본, 손님들을 맞이할 준비는 다 됐어……?"

촌극은 굉장한 성공을 거두었다. 파르주 소년은 로자리의 옷을 그대로 입고 헌금을 모았다. 춤을 추면서 잔치는 끝을 내게 되었다. 악사 여섯 명이 라울 극단과 교차돼서 자리를 잡았다. 실내에 가득 찼던 의자들을 걷어 치웠다.

연인들은 귀스타브의 가게 안에서, 그리고 조명으로 장식된 둑 위에서 춤을 추기 시작했다. 늙은 부부들도 경솔하게 그 소용돌이 한가운데 끼어 들어갔다. 그러는 동안 북호텔의 테라스에서는 떠들썩하게 노래를 부르는 한 무리가 발로 박자를 맞추고 있었다. 춤이 한 판 끝날 때마다 쌍쌍들은 작은 공원의 그늘에 가서 바람을 쐬고, 왈츠를 추던 사람들은 테이블에 되돌아와서 마실 것을 주문했다.

별안간 폭죽 터지는 소리가 들려왔다. 맞은편의 선개교 위에서 라울이 불꽃을 올린 것이다. 차례차례로 쏘아올리는 불꽃과 차륜 불꽃이 하늘 위에 흩어졌다. 15분 뒤 그는 섬광 신호 불꽃을 쏘아 댔다. 화재 같은 불빛이 검은 물 위에 비치고 펼쳐져서, 북호텔의 벽과 테라스에서 웅성대는 손님들을 널름거리며 핥듯이 비춰 주었다…….

점점 쌍쌍의 수는 줄어들었다. 오직 레몽드나 페르낭드같이 춤에 미치광이가 된 사람들만 계속해서 춤을 췄다. 간혹 가다가 들리는 폭죽 소리와 라울의 농담만이 잔치의 기분을 되살려 주곤 했다. 드디어 오케스트라도 연주를 그쳤다. 이젠 끝이었다.

르쿠브뢰르는 숨을 내쉬었다. 그는 피로해서 멍해졌다. 그러나 만족했다. 잔치에서 맥주와 레모네이드를 굉장히 많이 팔았던 것이다!

둑 위는 또다시 고요해졌다…… 르쿠브뢰르는 사무실 안에서 계산을 하느라고 늦게까지 혼자 있었다. 596프랑, 말하자면 600프랑을 파르주 가족들 덕분에 번 것이다.

27

잔느는 작은 삼각형 방의 문을 밀고 들어섰다. 그 방은 르쿠브뢰르네 가정부가 묵는 방이었다. 주인들 앞에서 꾸미고 있던 조심스러운 얼굴이 스러졌다. 잔느는 앞치마를 한쪽 구석에 집어던지고, 하품을 하고는 침대 위에 몸을 펼쳤다.

솜털이 나고 통통한 시골 처녀의 얼굴에는 듬성듬성 난 눈썹 아래 멍한 눈초리와 연한 입술이 있었다. 건강이 넘쳐흘렀고, 손목이 굵은 팔은 침대 바깥에 늘어져 있었다. 아주 짧은 스커트를 입고, 멍청하게 보이는 긴 윗도리를 입고 있었다. 목면 양말을 신고, 커서 질질 끌리는 오렌지 색 슬리퍼를 신고 다녔다.

긴 베개 밑에서 그녀는 담뱃갑을 하나 꺼냈다. 페르낭드처럼 담배 피우는 것을 배웠던 것이다. 저녁이 되었다. 그녀는 연기를 몇 모금 내뿜고 한숨을 지으며, 유리창에다 눈길을 고정하고 있었다. 유리창에는 마치 스크린에서처럼 추억들이 맴돌았다.

……잔느는 목사 집에 일자리가 있어 알자스를 떠나 파리로

온 것이다. 첫 즐거움은 프랑스어 강좌를 들으러 갈 때부터 시작되었다. 학교에 가려면 북적거리는 거리를 건너가야 했다. 그 길가에서 알지 못하는 남자들이 "안녕하십니까. 어여쁜 아가씨." 하고 그녀에게 말을 건네곤 했다. 그녀는 길을 멈추고 쓸데없이 시간을 보내다가 늦게 돌아가서 주인에게 야단을 맞곤 했다. 그 야단맞으며 듣던 소리는 아직도 귀에 윙윙거렸다.

그녀는 다행히도 다른 일자리를 찾아냈다.

2개월 전부터 그녀는 북호텔에서 일을 했다. 이 집 주인들은 아직 야단을 쳐 본 적이 없다.

"희귀한 새를 찾아낸 것이나 다름없어요, 저 애는." 하고 루이즈는 말했다. 7월 14일에는 가정부에게 휴가를 하루 주었다. "나가서 놀아, 잔느!"

그날의 즐거움은 너무나 새롭고 지나치게 가까이 있는 것 같아서 잊어버릴 수가 없었다. "음악 시작!" 하던 귀스타브의 목소리가 아직도 귀에 들려왔다. 그러자 한 젊은 청년이 춤을 추자고 청해 왔다. 그녀는 원무 속에 들어가 버리고 말았다. 파리에서는 그녀가 살던 시골에서처럼 춤을 추지 않았다. 남자들은 여자를 꼭 껴안고, 입술을 얼굴에 비벼 대면서 달콤한 찬사를 소곤거리는 것이다. "당신은 아름다워, 사람을 미치게 하는데." 하고 병후 정양휴가를 얻어 돌아온 식민지 부대 병사 시스테리노는 그녀에게 소곤거렸다. 남자는 여자의 얼굴 위에 몸을 굽혔다. 잔느는 남자의 숨결이 마치 키스처럼 가볍게 얼굴을 건드리는 것을 아직도 느낄 수 있었다.

그녀는 호흡이 곤란해 침대 위에서 몸을 돌렸다. 그러고는 전등을 켜고, 거울을 집어서는 침울하게 자신의 모습을 바라보았다. 알 수 없는 막연한 욕망이 그녀를 어지럽히는 것이었다.

어느 날 아침, 시스테리노가 갑작스레 자기 방으로 되돌아왔다. 잔느가 거기에 있었다.

"안녕, 귀여운 아가씨! ……만나 본 지가 오래 되는데……."

그의 목소리는 뜨겁고 남성적이어서 여자들을 애무하듯 놀라게 했다. 잔느는 얼굴을 숙였다. 이해할 수 없는 소심증이 그녀를 꼼짝달싹 못하게 했던 것이다.

"당신은 나를 잊어버리셨군." 그러고는 손가락으로 테이블 위를 쓸어 보았다. "웬 먼지야! 주인아주머니에게 불평을 하게 되면?"

"시스테리노 씨……!"

"웃자고 하는 소리요, 귀여운 아가씨. 당신을 난처하게 할 생각은 없어."

그들은 가까이 있었다. 잔느는 시스테리노의 군복과 그의 늠름한 모습, 그리고 자기에게로 눈길이 향할 때는 표정이 부드러워지는 군인다운 그의 얼굴을 감탄스럽게 바라보았다.

"계급이 뭐죠?" 하고 그녀는 모직의 완장을 가리키면서 물었다. "상사야!" 그는 식민지 부대의 휘장을 손끝으로 튕기며 말했다. "내 전우들의 사진을 보여 주죠. 어때요……?"

그는 문을 닫고, 군대 트렁크를 갖고 와선 침대 위에 활짝 열어젖혔다. 그는 신경질적으로 서류 뭉치 속을 뒤져 댔다. 잔느도 이끌려서, 그의 등 뒤에 몸을 굽히고 보았다.

그 여자는 더욱 곁으로 다가서서 "못 찾았어요?" 했다.

그러자 그는 별안간 몸을 돌리고 여자를 침대 위에 넘어뜨렸다. 잔느는 숨 막히는 그의 키스에 신음했다…….

잔느가 정신을 차리는 동안 그는 휘파람으로 군대 나팔 소리를 불면서, 옷을 고쳐 입었다. 그리고 창가에 다가가서 팔꿈치를 기댔다. 그녀는 눈을 떴다. 그가 재차 다가왔다……. 그녀는 소리를 지르고 침대에서 뛰어내려서는 도망을 가 버렸다.

구르듯이 계단을 내려와서, 사람들이 점심 식사를 기다리고 있는 가게를 가로질러 건너서, 부엌 한구석에 뛰어가서 숨어 버렸다. 루이즈가 뒤를 따라왔다.

"주인아주머니…… 주인아주머니…… 시스테리노가!"

루이즈는 그녀를 팔에 안고 말했다.

"그 사람이 무얼 했어?"

"저를 자기 방에 가둬 놓고…… 아유! 무서워!"

그녀는 두 손으로 자기의 얼굴을 감추었다.

"에밀!" 하고 루이즈는 외쳤다. "시스테리노가 잔느를 능욕했어요……. 그자를 여기서 내쫓아요. 비록 훈장을 탔다고 해도 말이에요."

그녀는 가정부에게 몸을 굽히고서 말했다. "우리를 부를 것이지, 살려 달라고 외칠 것이지!"

잔느는 흐느껴 울며 대답이 없었다. 르쿠브뢰르는 식민지 부대 병사의 방에 올라갔다가 다시 나타났다.

"울지 말아요. 그자는 내가 버렸어." 그러고는 한동안 머뭇거린 다음 말을 이었다. "아마…… 의사에게 보여야겠지?"

"아이! 여보, 그렇다고 과장할 것은 없어요." 하고 루이즈는 말했다. "자, 잔느. 머릴 매만지고 와서 음식이나 들지."

모두 식탁에 앉았다. 루이즈는 멍하니 바두르만 쓰다듬어 주고 있었다. 르쿠브뢰르는 의자 위에서 몸을 돌려 그녀를 보고선, 침묵을 깨뜨리고자 했으나 허사였다. 그러는 동안 잔느는 시선을 한 곳에 모으고, 접시 위에 얼굴을 덮고 억지로 조금 먹었다.

식사가 끝났다. 잔느는 부엌에 몸을 숨기고, 거기서 저녁까지 생각에 잠겨 있었다.

"자, 이제 가서 잠을 자야 돼요." 하고 루이즈가 달랬다.

잔느는 눈물을 훔치고, 주인아주머니의 뒤를 따라서 가게로 들어갔다. 젊은 사람들은 르쿠브뢰르에게서 사건의 경위를 들은 터라, 잔느에게 곁눈질들을 했다.

"잔느." 하고 누군가 불렀다.

"누구든지 집적거리면." 루이즈가 외쳤다. "내쫓아 버릴 테니까!"

그녀는 잔느의 팔을 잡았다. 둘은 조용히 층계를 올라갔다. 잔느는 쩔뚝거리며, 한 계단 한 계단씩 계단을 밟으며 자기 방까지 끌려 갔다. 루이즈는 무슨 말을 해 줘야 할지 몰랐다. 3년간의 호텔 경영은 루이즈가 체념하고 인생을 받아들이도록 해 버리고 말았던 것이다.

28

남색 벨벳 외출복 모습으로 차려입은 미마르가 가게로 들어
왔다.

"벌써 돌아와!" 하고 플뤼슈가 외쳤다.

미마르는 "보시는 바와 같이." 하고 말하며 가방을 놓고 친구
들의 손을 잡았다.

"근데 새색시는?" 하고 누가 물었다. "벌써 잃어버린 거 아
냐?"

"…… 자, 뤼시, 이리 와요! 당신을 잡아먹지는 않을 테니까."

미마르 부인이 들어왔다. 까무잡잡한 작은 여인으로 겁을 집
어먹은 얼굴에 눈빛은 반짝거리고 부드러웠다. 그리고 침침하고
유행에 뒤떨어진 '투피스'를 입고 있었다.

"마침 좋은 때 닿았어, 뤼시." 하고 미마르는 말했다. "모든 친
구들이 있는 참이니까. 저기 있는 사람이 마르세유 태생인 플뤼
슈, 루이 영감, 케넬, 낚시의 명수인 페리캉, 그리고 베르나르, 시

의 모범 순경인 말타베른느. 여기 있는 분들이 주인영감과 주인 아주머니…… 르쿠브뢰르 부인, 내 아내입니다."

"반갑습니다." 하고 루이즈는 말하며 손을 내밀었다. "우리 집 이 마음에 드시게 되길 바랍니다."

"아! 예." 하고 사람들 속에서 소심해진 뤼시는 소곤댔다. 남편의 팔에 매달려서 주위를 바라보았다.

"내가 술을 한턱 내죠." 하고 미마르가 외쳤다.

"뤼시, 기나피가 든 포도주나 조금 할까?"

모두들 새로운 부부의 건강을 위해 건배를 했다. 카운터에 몸을 기대고서 싼 담배 꽁초를 입귀퉁이에 물고 미마르는 결혼식 다음에 벌어진 '친구들끼리의 즐거운 식사'에 대해 말했다.

플뤼슈는 히죽히죽 웃으면서 모든 사람들의 입술 위에 배어 있는 질문을 했다.

"그리고 결혼 첫날밤은?"

신부의 얼굴이 붉어졌다.

"망할 놈의 마리위스 녀석!" 하고 외치며 미마르는 잔을 비웠다. "먼저 갑니다……. 뤼시, 가지!"

그들 둘이 사라지자마자 루이즈는 "착실한 여잔데." 하고 미간을 찌푸리며 말을 이었다. "바람둥이 미마르가 어디서 저런 각시를 끌어왔지?"

"사촌 여동생이에요." 하고 루이 영감이 설명해 주었다. "돈푼 께나 있는 여자인 모양입니다……."

……미마르가 그의 방문을 열자 뤼시는 놀라움에 소릴 질렀다. "참 작네!"

"시골이 아냐." 하고 그는 화를 내고 대답했다.

그는 앉아서 담배에 불을 붙였다. 뤼시는 방을 둘러보고 창에서 몸을 굽혔다.

"저것 봐." 하고 그녀는 재미있다는 듯 말했다. "저 말들…… 당신 친구인 마차꾼의 말들이지? 그렇지? 당신은 여기 있는 모든 사람들을 알고 있지?"

"그럼! 7년이나 이 호텔에서 살았는걸! 그러나 당신은 이 집에 그리 오래 못 있게 될 거야. 집이 수용된다는 말이 있어."

뤼시는 가방을 열고 조잘대면서 이것저것 챙기기 시작했다.

"주위 사람들은 좋아? 호텔에 여자들은 많아?"

"많이도 물어보네…… 그렇게 헛되이 애쓸 건 없어, 뤼시."

그녀는 발끝을 세워 키를 높여서 장롱 위쪽에 속옷을 정리하려고 했다. 그러고는 "난 너무 작아." 하며 소릴 내고 웃어 댔다.

"내가 도와주지."

그는 그녀의 곁으로 가서 별안간 여자를 쳐들어 자기 팔 속에 안더니 침대에다 눕히는 것이었다.

그녀는 입속으로 종알댔다. "안 돼요, 지금은, 피에르……."

침대 매트리스가 삐걱거렸다. 그러자 그 순간 미마르는 거기에서 자고 간 모든 여자들을 상기해 냈다.

'누군가 나에게 봉사할 사람은 언제든 있거든.' 하고 그는 생각했다.

이튿날부터 그는 일터로 다시 갔다. 그러자 하루하루가 같은 나날들이었다. 미마르가 야근하는 날이면 뤼시는 겁이 났다. 그녀는 자기가 알지 못하는 피에르의 과거에 대해서 생각하곤 했다. 웃음소리와 문이 여닫히는 소리가 들려왔다. 그러한 혼잡함은 그녀를 거북하게 했다.

미마르가 낮 근무일 때는 혼자서 저녁때까지 남아 있었다. 아침에 먼저 일어나서 남편의 '도시락'을 쌌다. 그리고 10시경이 되면 시장에 물건을 사러 나갔다. 거리의 혼잡과 차들은 정신을 빼앗았다. 제 방에서 지내든가, 주인아주머니와 이야기하는 것만이 그 여자의 유일한 즐거움이었다.

루이즈는 뤼시에게 호텔의 관습에 대하여 말해 주고 정직한 상점과 '경품'을 제공하는 백화점을 알려 주었다. 바깥에 나가도록 상냥하게 권하기도 했다. "수도를 알려면 창 곁에 항상 붙어만 있으면 안 돼요. 바두르를 데리고 뷔트쇼몽에나 가 봐요."

그러나 뤼시는 팔을 가슴 위에 모으고 의자에서 움직이려고 하지 않았다.

"파리에 닿으면." 하고 루이즈는 말을 이었다. "처음에는 누구든 피로해해요. 조금 지나면 괜찮지. 봐요, 난 조금도 멈추지 않아요!"

"오! 쥔아주머니는 파리에서 계속 살아온 파리 토박이시죠……."

손님이 하나 들어왔다. 뤼시는 자기 방으로 돌아갔다. 하루는 빨리 지나갔다. 미마르가 돌아오면 그는 김이 나는 수프 앞에 앉을 뿐이었다. 그러면 뤼시는 그가 잘 먹는 것을 보고 즐기는 것이었다.

매주 토요일이 되면 미마르는 카드놀이를 하러 아래층으로 내려왔다. 뤼시는 그들 곁에 있는 장의자에 앉아서 알지도 못하면서, 노름을 하는 남편을 바라보았다. 허나 그가 이겼을 때는 손뼉을 쳤다. 또는 남편 잔의 술을 한 모금 마시고는 장난처럼 웃곤 했다.

일요일이면 미마르는 늦게까지 잠을 잤다. 이날은 호텔이 특이한 양상을 띤다. 9시까지 복도는 조용하다. 뤼시는 옆방 여자들과 장에 나간다. 그녀가 돌아오면 미마르는 면도를 하고 있는 중이다. 뤼시는 맛있는 아침을 마련해서 그를 놀라게 해 준다.

미마르는 커피를 마시러 가게로 내려간다. 그러고는 3시까지 뤼시는 그를 보지 못한다. 그는 '마노슈'를 꼭 한 판만 한다고 약속하는 것이다! 뤼시는 창가에 서서 운하 기슭을 따라 산보하는 남녀를 눈으로 쫓는다. 미마르가 드디어 돌아오면 "피에르." 하고 부르고는 제안을 하는 것이다. "우리도 한 바퀴 산보를 해야지요."

그들은 결코 먼 곳까지 가지 않았다. 제마프 둑을 따라 걸었다. 지는 해가 모래 더미, 시멘트 부대, 작은 돌더미들을 금빛으로 물들였다. 장조레스 광장에 닿자 난간에 나란히 기대어서 물을 바라보았다. 뤼시는 즐거움을 되찾았다. "피에르, 당신 생각나요? 우리 시골에 있는 뫼즈 강이 더 맑은 거 말예요……."

그는 두 손을 주머니 속에 집어놓고 "이리 와." 하고 말했다. 만약 친구라도 만나면 산보는 카페에서 끝나고 말았다.

그런 날 저녁에 돌아오면서 뤼시는 말했다.

"우리 어느 날 하루 시골에 한번 가야겠어요."

"천만의 말씀." 하고 피에르는 소리를 질렀다. "1년 예산의 수지균형을 맞추는 게 쉽지 않단 말이야."

뤼시는 아무 말도 안 했다. 그러나 어느 날 그녀는 그에게 졸라 댔다. "피에르, 들어줘요……. 소원이니까…… 몸에도 좋을 거예요."

그러고는 별안간 덧붙여서 "갑갑해요." 하고 말했다.

"변덕이 생겼군!" 하고 그는 퉁명스럽게 말했다.

"왜 그래? 무슨 일이야?" 그는 뤼시를 바라보았다. 눈언저리가 꺼멓고 입술이 창백했다. 초겨울부터 기침을 했던 것이다. '공기가 바뀌어서 그래.' 하고 그는 생각했다. 그는 아내를 껴안고 키스하며 말을 이었다. "자, 여보, 결정했어. 오는 봄엔 산책하러 갑시다."

뤼시는 에클뤼즈생마르탱 거리에 있는 '부엌 딸린 방'이 비어 있는 것을 발견했다. 그녀는 저축해 둔 돈으로 침실 중앙에 놓는 침대, 장롱, 그리고 의자 등 가구들을 샀다. 천을 잘라서 커튼을 만드는 등 이사 축하를 하러 친구들이 찾아오는 저녁때까지 분주했다.

방은 침울한 큰 벽들에 면해 있어 설겆이 물의 악취가 밤낮으로 작은 뜰에 풍겼다. 뤼시는 자기 방의 들창에서, 굴뚝과 연기 때문에 그을음 낀 하늘 한 귀퉁이를 볼 뿐이었다. '자기 가구들로 꾸민 방에 살고 있다'는 행복에도 불구하고 북호텔에서 보았던 그 아름다운 조망을 회상해 보곤 했다. 루이즈의 선량한 모습도 여기서는 볼 수 없었다. 방 가꾸는 것도 끝이 났다. 이제부터 하루하루가 그녀에겐 피로하고 공허한 나날들인 것같이 생각됐다.

미마르로 말하자면 이 변화에 재빨리 익숙해져서 일상 습관처럼 되고 말았다. 그 외에 때때로 그는 호텔의 옛 친구들인 루이 영감이라든지 페리캉 등을 초대해서 집에서 함께 식사를 하기도 했다.

어느 날 저녁 그는 갑자기 르쿠브뢰르 집에 찾아왔다.

"집사람이 생루이 병원에 입원했어요." 하고 그는 알려 주었다.

"병원에 입원을!" 하고 루이즈는 가슴이 메어서 말했다. "무슨 일이에요?"

"모르겠어요……. 기침을 해요."

"아무것도 아닐 거야." 하고 플뤼슈가 안심을 시킨 후 "잔지* 한판 할 테야?" 했다.

목요일에 루이즈는 병원으로 문병을 갔다. 그녀는 라드베즈, 우산 건의 그 남자가 떠올랐다. 미마르 부인은 넓은 병실에 기침을 하는 병자들과 함께 누워 있었다.

"친절하시게도!" 하고 뤼시는 외쳤다. "퍽 답답했어요."

그녀는 숨찬 모습으로 말했다. "의사는 아무렇지도 않을 거래요……."

루이즈는 자신의 근심스러운 모습을 감추느라고 애를 썼다.

"한겨울 동안 몸을 편히 쉬며 지내는 것이 좋을 거예요. 봄이 오면 괜찮아질 테니까……."

뤼시는 시트 위에 마른 팔을 뻗고 꿈꾸듯이 누워 있었다.

루이즈는 자주 찾아왔다. 그녀는 언제든 맛있는 것들을 갖고 왔다. 때로는 호텔에 숙박한 사람들과 같이 오기도 했다. 그들은 한동안 잡담을 했다. 루이즈는 플뤼슈의 우둔한 수작이나 가정부의 애인들에 대해 말하곤 했다. 뤼시는 이야기를 듣고 있었다. 그 이야기들은 결혼했을 때의 처음 몇 달을 생각나게 해 주었던 것이다. 별안간 기침이 그녀의 몸을 뒤흔들어 놓았다. 그러고는

---

* 노름의 일종.

조그만 그릇에 담을 뱉는 것이었다. 그녀는 미안하다고 말했다. "시원할 거예요." 하고 루이즈는 대답하고 일어서서 이불을 고쳐 덮어 주었다.

호텔에 돌아오자 루이즈는 남편에게 터놓고 말했다.

"마른 꼴을 본다면, 에밀! 다른 사람 같아요……. 겨울을 넘기지 못할 거예요."

4개월 후에 뤼시는 퇴원해서 에클뤼즈생마르탱 거리의 집으로 돌아가기를 원했다.

"장소를 바꾸면 낫게 될거야." 하고 그녀는 말했던 것이다.

루이즈는 매일 와 보았다. 그녀는 방 안과 약으로 가득 찬 침대 머리맡 테이블을 정돈해 주곤 했다. 침대에 드러누운 채로 뤼시는 방을 가꾸어 주는 루이즈를 바라보았다. 우정이 담긴 미소가 그녀의 열기 띤 얼굴에 비치고 있었다. 창문을 활짝 열어 달라고 했다. 봄기운이 돌기 시작했다. 햇빛이 작은 뜰에 깃들어 있었다. 뤼시는 그것을 보고자 베갯머리에서 몸을 일으켰다. 7시경에 미마르가 돌아왔다. 루이즈는 자리를 비켜 주었다.

"잘 자요, 조심하고요!" 하고 문가에서 루이즈는 외쳤다.

뤼시는 금요일 아침에 죽었다. 수의를 입혀 준 것은 루이즈였다. 북호텔의 숙박인들은 화환을 보냈다. 장례식이 일요일이었기 때문에 호텔 사람들 대부분이 팡텡의 묘지까지 영구차를 따라갔다.

일주일 후 미마르는 가구들을 '헐값으로 팔아 버리고' 다시 북호텔에 들었다.

29

매일 아침 호텔 앞 한길을 쓸면서 루이즈는 우편배달부가 오는 것을 기다렸다.

배달부의 모습을 보면 "집에 우편물 있어요?" 하고 멀리서 외치는 것이었다.

배달부가 가게로 들어오면 커피 한 잔이 그를 기다리고 있었다. 한쪽 눈은 잔 위에, 다른 한쪽 눈은 우편배달 가방 위에 던지고 그는 우편물을 나눠 주었다.

"케넬 씨, 베르나르 씨, 베니토, 헤즈…… 헤르즈고비츠(묘한 이름을 가진 사람이 있군, 이 집엔.), 앙리."

"앙리는 호텔을 떠났어요."

"좋아요."

편지 봉투를 우편배달 가방 속에 집어 넣고 그는 나가 버렸다.

루이즈는 편지들을 테이블 위에 펼쳐 놓곤 층별로 구분해 놓았다. 베니토는 새로 온 사람으로 가장 많이 편지를 받았다. 여기저기서 그에게 편지를 보내왔는데, 프랑스의 두메 구석에서, 또는 외국에서도 편지가 왔다. "소식이 없다고 불평은 안 하시겠군요." 하고 루이즈가 그에게 말했다.

그는 입속으로 투덜대며 대답하고는 편지와 인쇄물들을 집어 가지고 자기 방으로 올라갔다.

'참 무뚝뚝하기도 해!' 하고 루이즈는 생각했다. 베니토는 그녀의 호기심을 자극했다. 이렇다 할 직업도 없는 기괴한 사람이었다. 그는 큰 나비 넥타이를 매고, 충충한 벨벳 옷을 입고, 사냥꾼처럼 장화를 신고, 얼굴을 가리는 넓은 차양이 달린 펠트 모자를 쓰고 있었다. 그는 주일마다 하루 또는 이틀씩 방을 비우곤 했다. 그러고는 걱정스러운 얼굴을 하고 돌아오는데, 자기가 안 들어왔던 것에 대해 한마디도 하지 않았다. 하는 짓이 다른 사람들과 전혀 달랐다!

어느 날 아침 베니토의 우편물 속에서 편지 하나의 봉함이 거의 뜯어져 있는 것을 보았다. 그녀는 편지를 손가락으로 젖혀서 훔쳐 보려고 했다. 한동안 주저하던 끝에 부엌으로 가서 몸을 숨기고 편지를 개봉해서 읽었다.

토요일 저녁에 우리 집으로 와 주시오. ── 칼로

"무슨 일을 하는 사람인지 알아 두지 않으면 안되겠어." 하고 그녀는 변명조로 중얼댔다. 봉투를 적절히 붙여 놨다. 칼로라는 사람은 키다리 외국인으로서 ── 이탈리아 사람? ── 끊임없이 찾아와선 베니토의 방에 올라가는 작자였다.

자기의 의구심을 남편에게 알리기 전에 루이즈는 그 숙박인의 방을 살펴보기로 결심했다. 그는 항상 자기 열쇠를 지니고 다녔다. 그 사실부터 좋은 징조가 아니었다. 그러나 루이즈는 모든 방을 다 열 수 있는 만능 열쇠를 갖고 있었다.

베니토의 방에 들어서자 그녀의 가슴은 두근거렸다. 제마프 둑에선 갈가리 찢어져 죽은 사람의 이야기로 떠들썩했었다. 운하에서 그 알지 못할 사람의 사지를 건져 냈던 것이다.

그녀는 방이 여기저기 정돈되어 있는 데 놀랐다. 침대도 잘 놓였고 의자들도 제자리에 있었다. 테이블 위에는 책이 쌓여 있었고 사진들이 벽에 핀으로 꽂혀 있었다. 그녀는 이름을 읽어 봤다. 레닌, 조레스.* 테이블 위에 몸을 굽히고 무심코 책을 펼쳐 보았다. 『자본론』이었다. 그녀는 얼굴을 찡그리고 서류들을 뒤져 보았다. 사회주의자들의 팸플릿,《휴마니테》신문,《아방가르드》신문들이었다.

"알겠어, 선동 주모자군!" 하고 그녀는 어깨를 으쓱 올렸다. "내가 그걸 왜 알아차리질 못했지."

그녀는 베니토의 여행과 빈번한 왕래, 그리고 그가 많은 편지를 받는 이유를 알게 됐던 것이다. 정치운동을 하는 작자였어! 하여간 그것은 그의 일이니, 이쪽에서 참견할 일은 아니지!

며칠 후 베니토가 병에 걸렸다. 고열이 그를 침대에서 떠나지 못하게 했다. 루이즈는 그를 돌봐주고 방도 치워 주었다.

"이 서류들에 손대지 마시오!" 하고 어느 날 아침 그는 그녀에게 외쳤다.

그녀는 기름때가 묻은 팸플릿이나 신문 스크랩에 크나큰 중

---

* 프랑스 사회주의 지도자.

요성을 두지 않았던 것이다. 그는 침대 위에서 몸을 일으키고서 말했다.

"곧 일어날 일을 보게 될 거예요!"

"언제요?"

"5월 1일."

"설마 당신은 파리를 불과 피바다 속에 집어넣진 않겠죠?"

"두고 보시오……."

그는 긴 연설을 하기 시작했다. 루이즈는 그게 무슨 소린지 알아들을 수가 없었다. 하여튼 이 숙박인은 말을 썩 잘했다. 그는 교육을 받은 사람이었다!

그녀는 입을 다물고 있을 수가 없었다. 그래서 베니토가 회복이 되어서 가게로 편지를 가지러 내려왔을 때 모든 사람들은 호기심과 친근감과 존경심을 갖고서 그를 바라보았다. 플뤼슈는 노동조합에 가입해 있어, 그와 즉시 사귈 수 있을 거라고 생각했다.

"당신 아니오? 그랑즈오벨 거리에서 요리사들을 위해서 연설한 사람이?"

"아닙니다."

"이상한데…… 어느 집회에서 당신을 본 것 같아요."

"그럴 수도 있지요, 동무……."

가게는 손님들로 가득 차 있었다.

"당신들 메이데이에 참가할 거죠, 젊은 친구들?" 하고 그가 물었다.

플뤼슈가 일동을 대표해서 긍정적인 대답을 했다.

플뤼슈는 시로 된 선전문을 하나 만들어 놓은 참이었다. 거기에는 노(老) 투사의 사상을 요리사들의 의견에다 일치시켜 놓았

던 것이다. 그는 외쳤다. "시민 여러분, 정숙해 주십시오!" 그러고
는 자기 작품을 읽기 시작했다.

　'리에즈 식의 얇은 고기 요리', 전쟁 전에는 '빈 식'이라고 불렀
던 것이다.
　　가엾은 얇게 썬 고기 요리,
　　너는 그걸 참혹하게 보나.
　　국가주의는 우리들에게
　　서투른 짓을 하고 말았다…….

베니토는 더 이상 듣지 않고 도망가 버렸다.

　5월 1일, 매일 그렇듯이 르쿠브뢰르는 6시에 일어났다. 루이즈
는 벌써 옷을 갈아입고 초조하게 부엌을 돌아다녔다.
　"에밀, 소란해질 거예요." 하고 그녀는 말했다. "문을 닫아 버
리는 것이 좋을 거예요. 어저께 아페리티프 시간에 베니토의 연
설을 들었다면……." 그의 남편은 코웃음쳤다. "픽! 예전처럼 대
목일 거야. 맥주도 큰 통으로 주문하고 간단한 식사들도 마련하
길 잘 했어."
　그는 가게 문을 열러 갔다가 "저런!" 하고 놀라서 소리를 쳤
다. 경찰들이 큰 자동차에서 내리고들 있었다. 다른 한 패의 경
찰들은 감시 초소와 주변에 이미 떼를 지어서 모여 있었다. 그
앞으로 기마 경찰대가 진을 치고 있었다.
　그는 주머니에 양손을 집어넣고 가게로 돌아왔다. 그는 손에
몽둥이를 들고 나가는 베니토와 마주쳤다.

"대단한 날인데!" 하고 르쿠브뢰르가 그에게 외쳤다.

"실없는 데 끼어들지 말아요." 하고 루이즈는 투덜댔다. "어서 잔이나 씻어요."

하나씩 하나씩 숙박객들이 아래층으로 내려왔다. 그들은 문 앞에 서서 빈정대는 조로 '거물'과 '순경들'의 수를 세었다.

자전거를 탄 순경들이 대열을 지어서 닿았다. 플뤼슈가 큰소리로 외쳤다.

"자전거 탄 순경 나부랭이들이 닥쳐드는군!"

루이즈는 그의 입을 다물게 했다. 그녀는 둑 위로 가 보았다. 그곳에서는 일이 중단되어 있었다. 실업자들, 너절한 옷을 입고, 모자를 쓰고, 들장미꽃을 단추 구멍에 끼어 단 떠들어 대는 남자들, 석수장이, 토목 인부, 택시 운전사들, 그런 사람들이 줄지어 가는 것을 그녀는 바라보았다. 상인들은 모두 상점을 닫았던 것이다. 파리의 경찰총감과 그의 참모들이 도착하자 루이즈는 안심을 했다. 루이즈가 호텔로 돌아오자 르쿠브뢰르는 파업자들, 그리고 또한 양식을 구하러 온 기동경찰대 덕분에 짭짤한 재미를 보고 있었다.

점심때쯤 집회가 끝날 시간이 되자, 별안간 날카로운 호루라기 소리가 대기를 찢으며 들려오고 경찰들이 달음박질로 뛰어나왔다.

"에밀, 빨리 문을 닫아요!" 하고 루이즈가 외쳤다.

르쿠브뢰르는 문간에서 몸을 버티고 사건들이 일어나기를 기다렸다. 사람들은 '인터내셔널의 노래'를 부르고 있었다. 웅성거리는 소리가 커졌다. 곧 이어 마치 바람에 낙엽이 쓸리듯이 시위대들이 그랑즈오벨 거리로 내려왔다. 그들은 다리를 막아 놓은 것을 발견하자 오른 쪽으로 돌아서 경찰관들과 충돌했다.

르쿠브뢰르는 덧문을 닫을 틈도 없었다. 난투가 벌어졌다. 루이즈는 뛰어가서 부엌 구석에 몸을 숨겼다. 굵은 돌덩어리 하나가 정면의 유리창을 내리쳤다. 유리 조각들이 가게 안으로 들어와 떨어졌다. 르쿠브뢰르는 정신이 나가서 이미 문을 열고 있었던 것이다. 그러나 플뤼슈가 그의 팔을 잡았다. "당신 얼굴을 박살낼 셈이오? 이런 제기랄……."

뛰어다니는 발소리가 그의 목소리를 휩싸 버렸다. 들끓는 소리와 메마른 권총 소리가 몇 발 들려왔다. 얼마 후 잠잠해졌다……. 호텔 손님들은 위험을 무릅쓰고 바깥으로 나가 보았다. 기마경찰들이 상황을 제압하고 머물러 있었다.

루이즈는 숨었던 곳에서 빠져나왔다. "꼴 좋은, 그들의 메이데이네요." 하고 공포와 분노에 떨리는 목소리로 루이즈는 말하였다. "선동자들은 모두 감옥에 집어넣어야 돼." 그리고 그녀는 투숙객들에게 몸을 돌리고 말했다. "그 베니토부터 말예요!"

그러나 아무도 대답하는 사람이 없었다. 루이즈는 빗자루를 가지러 갔다. 그러고는 입속으로 중얼대면서 깨진 유리 조각들을 쓸어모았다.

…… 순찰 경관들이 둑을 뛰어다녔다.

테라스에서는 플뤼슈와 그의 친구들이 아페리티프를 앞에 놓고 토론을 하고 있었다. 땅거미 질 무렵에 베니토는 모자를 비스듬히 쓰고 멍이 든 눈에 험상궂은 얼굴을 하고 돌풍처럼 들어왔다.

"오늘 일 만족하시겠군요?" 하고 루이즈가 외쳐 댔다.

모두들 무슨 새 소식이나 들을까 하고 그의 주위에 모여 들었다. 그는 투박하고 조바심나는 몸짓으로 모든 사람을 밀어젖혔다. "주인, 내 계산! 급해요."

30

바두르가 짖어 대는 소리에 낮잠을 자던 르쿠브뢰르는 잠이
깨었다. 그가 눈을 비비고 바라보니 한 여자가 가게 안으로 들어
오는 것이었다.

"무슨 일이십니까?" 하고 그는 물었다.

"빈 방 하나 없어요?"

그는 그녀를 바라다보았다. 아름다운 여자로서 화려한 몸차
림을 하고 있었다.

"하나 있긴 한데요." 하고 그는 말했다. "근데 저…… 선약이
돼 있습니다."

"어머! 큰일났군요."

그녀는 르쿠브뢰르를 의미심장한 눈초리로 흘끗 보았다. 주저
하는 그의 모습을 본 것이다.

"어떻게 좋게 처리하실 수 없으세요?"

"그렇게 하죠." 하고 그는 돌연히 결심을 했다.

그는 열쇠를 집어 들고 여자와 4호실을 살펴보러 갔다. 방은 밝고 아늑했다.

"마음에 드십니까, 마드무아젤?"

"퍽 마음에 들어요."

그러고서는 친근하게 덧붙였다.

"마드무아젤이라고 부르지 마세요. 그럴 나이가 아니에요. 극장에서 그러듯이 드니즈라고 불러 주세요."

그녀는 침대 위에 앉았다.

"좋은 침대인데요…… 저에겐 이게 제일 중요한 거랍니다."

르쿠브뢰르는 침대 매트 한구석을 들춰 보였다.

"자, 보세요. 온통 모직으로 됐어요."

그는 그녀와 둘이서 마주 앉아 대하는 시간을 연장할 방법을 강구했다. 그렇지만 드니즈는 이미 외투를 벗고 있었다.

"자, 그럼 내려갑니다." 하고 그는 말했다.

그는 일을 좀 했으나 정신은 딴 데로 쏠려 있었다. '루이즈가 무어라고 할까!' 하고 그는 생각했다. 루이즈가 돌아오자마자 그는 아내에게 사연을 이야기했다.

"뭐라고요! 4호실을 빌려줬다고요!"

루이즈가 소리질렀다.

"내가 미리 선약을 받아 놓았잖아요."

"내가 미처 그걸 생각 못 했어."

그는 아주 쾌활한 모습으로 덧붙여서 말했다.

"좋은 손님 하나 들어온 거야. 여배우란 말이야."

"또 배우예요! 파르주네 사람들 때문에 충분히 돈 잃지 않았어요!"

"쉬! 쉬……!"

드니즈가 문을 밀고 들어섰다. 가게 안에는 손님들이 몇몇 있었다. "여러분 안녕하십니까?" 하고 그 여자는 누구에게라 할 것 없이 아무에게나 하듯 인사를 했다.

"저건 무어야 도대체?" 하고 루이즈는 기분이 틀어져서 입속으로 중얼거렸다.

드니즈는 요란스러운 옷을 입고 그 위에 진주목걸이를 늘어뜨리고 있었다. 살 색깔의 생사 양말과 적갈색 구두가 눈길을 끌었다. 그녀는 애교를 떨면서 자기의 조그만 거울을 바라다보며 금발 머리를 가볍게 두드렸다. '염색한 머리야.' 하고 루이즈는 생각했다. 드니즈는 분을 바르고 마지막으로 만족스러운 눈길을 한번 거울 속에 던지고 난 다음 말했다. "주인아저씨, 목을 축이려면 무엇을 마시면 좋겠어요?"

우쭐해진 르쿠브뢰르는 아페리티프 병들을 바라다보고 제안했다.

"망트? 비르?" 하고 그는 머리를 쥐어짜서 말했다. "용담수(龍膽水)?"

"그것으로 주세요."

드니즈는 자기 수건으로 부채질을 하며 굵은 한숨을 쉬었다. 젊은 사람들은 그녀의 곁에서 곁눈질을 하고 있었다.

"무더운데요." 하고 베르나르가 입을 열었다.

"그렇군요." 하고 그녀가 대답했다.

"홀딱 벗어 버리는 것이 좋을 겁니다……."

그러자 그녀는 웃었다. 그러고는 그의 곁에 가서 조잘대기 시작했다. 그녀는 댄서였으며 지방에서 일하고 있었다. 베르나르는 그녀에게 아페리티프를 내겠다고 권했다. 그녀는 아무렇지도 않게 그것을 받아들였다.

"에밀, 저게 당신이 말한 여배우예요?" 하고 루이즈는 드니즈가 나가 버리자 비웃었다. "내가 말해 볼까요? 내가? …… 그래요, 저 여자는 갈보예요!"

"당신은 사방에서 창녀들만 보는군." 하고 르쿠브뢰르는 반박했다. 그는 어깨를 으쓱 하고 한동안 생각에 잠겼다.

"하여간 그런 류의 여자들은 장사를 번성하게 하니까……."

다음 날 11시쯤 돼서 드니즈는 가게로 내려왔다. 그녀는 생사로 꼰 띠로 여민 꽃무늬 '기모노'를 입고 있었다. 맨발에는 뒤축이 없는 터키 슬리퍼를 신었는데 그 슬리퍼는 타일 바닥 위에 질질 끌리고 있었다.

"좋은 꿈을 꾸셨습니까?" 하고 르쿠브뢰르가 그녀에게 물었다.

"꿈을 꿔 본 적이 없어요……. 아침을 주시겠어요, 주인아저씨?"

"아! 지금은 아침 시간이 지나서 아무것도 없는데요……. 기다려 보시지요."

그는 돈을 넣어 둔 궤에서 돈을 집어 들고 뛰어나갔다.

5분 후 드니즈는 초콜릿 한 컵을 앞에 놓고 식탁에 앉았다. 르쿠브뢰르는 그의 옆에 앉았다. 그녀는 자기 목줄기로 쏠리는 남자의 시선에 깜짝 놀랐다. 그래서 그녀는 실내복의 섶을 잘 여미는 몸짓을 하는 것이었다.

"이곳이 마음에 드시겠어요?" 하고 그는 낮은 목소리로 물었다.

그녀는 눈짓을 했다. 그리고 브리오슈 과자를 조금씩 먹으면서 "현재까지 이 호텔에 든 것을 불만스럽게 생각하진 않고 있어요." 하고 말했다.

드니즈는 오후엔 죽 나가 있었다. 그러나 아페리티프 시간에는 돌아왔다. 어제 저녁에 사귄 친구들이 자기들의 테이블에 그녀를 초대했다.

"상점들을 돌아다녔더니 피로한데요." 하고 그녀는 말했다. 그러고는 긴 걸상 위에 두 다리를 펼치고 부채질하듯 옷자락을 흔들어 댔다.

"저게 무슨 짓이야!" 하고 루이즈는 투덜댔다. 새로 온 여자 숙박인의 모든 짓이 루이즈를 분노케 했던 것이다. 루이즈는 남편 곁으로 다가갔다. "당신, 알아 둬요. 당신이 좋아하는 저 댄서 말이야. 만약 그녀가 우리 집을 매음굴로 착각한다면 즉시 내쫓아 버릴 테니까요."

르쿠브뢰르는 자기 아내를 흘겨보고는 말했다. "가만 놔 둬. 나쁜 짓은 안 하고 있으니."

일주일이 지나자 드니즈는 호텔 안을 뒤죽박죽으로 만들어 놓고 말았다. 이젠 주사위 놀이나 카드놀이를 하는 사람도, 정치에 대해서 말하는 사람도 없었다. 사람들은 드니즈를 둘러싸고 그녀의 기분을 맞추려고 애를 쓰고 그녀에게 아페리티프를 내는 영광을 얻고자 서로 경쟁했던 것이다. 드니즈가 없기라도 할 땐 주인아주머니에게 물어보러 급히 달려들 왔다.

"몹시들 서두시는군요." 하고 루이즈는 대답했다.

그녀는 드니즈를 어떻게 해야 할지 잘 알고 있었다. 루이즈는 드니즈의 방을 '점검'했던 것이다. 그래서 댄서가 제 재주 자랑을 하는 소리를 들을 때 루이즈는 코웃음을 쳤다. 거기다 남편까지 이 바람둥이 계집의 헛소리를 무엇이든지 곧이곧대로 믿고 무슨 일에나 그 계집의 편을 들고 있으니!

어느 날 저녁 드니즈는 한 젊은 남자를 데리고 왔다. 그는 라투슈네 몇몇 마차꾼들을 생각나게 하는 젊은 사람이었다. 그는 그들같이 날씬한 몸매에 미국식으로 수염을 길렀으며 눈매는 대담했다. 그리고 그들처럼 모자를 쓰고 있었으나 다만 그의 넥타이와 명주 양말은 양복 색조와 완전히 조화를 이루어 마차꾼들보다는 한층 그의 풍채를 돋보여 주었다.

드니즈는 그 젊은 사람의 팔에 매달려 있었다. "나의 친구예요." 하고 그녀는 남자를 소개했다. 분위기가 차가웠으나 새로 온 사람이 모든 사람들에게 술 한 잔씩을 돌리자 감정이 풀어졌다.

이 애송이 청년의 출현에 퍽 많은 희망이 사라져 버렸다. 르쿠브뢰르는 언짢은 얼굴을 하고 모든 사람에게 술을 따랐다.

"제 친구, 제 방에서 잘 거예요." 하고 드니즈가 말했다.

"안됩니다!" 하고 르쿠브뢰르는 얼굴도 들지 않고 말했다.

그녀는 놀라서 그를 바라보았으나 뒤이어 소릴 내면서 웃었다.

"뭐라고요? 나를 골탕 먹이려 드세요, 주인아저씨?"

"천만에, 4호실은 혼자 쓰는 방이기 때문에 그렇단 말씀이지." 하고는 이번에는 자기 아내의 후원을 청하면서 물었다. "안 그래, 루이즈?"

"알겠어요."

드니즈는 기분이 상해서 대답했다. 그리고 잔을 비우고서 말하는 것이었다. "하여간 가스통이 지방 극장과 좋은 계약을 하

나 따내 주었으니까요. 금요일에는 댁의 궁색한 방을 떠날 거예
요……."

31

잔느는 바쁘게 드니즈의 방을 돌아다녔다. 그녀의 '대단한 친구'가 바로 그날 저녁 호텔을 나가는 것이었다. 잔느는 슬펐다. 북호텔의 생활은 또다시 단조로워질 것임에 틀림없었다. 조심스러운 몸짓으로 그녀는 드니즈의 짐을 챙겼다. 옷들과 내의들을 접어 넣으며 그것들에다 애틋한 애무를 하곤 했다. 얼마 안 있어 가방이 다 챙겨졌다. 그녀는 마지막으로 주위를 살펴보았다.

"이런……!" 하고 그녀는 외쳤다. "이 드레스들을 잊어버리고 있었군……."

드니즈는 머리를 흔들었다.

"놔둬. 이제 입기가 싫은 옷들이야."

그리고는 드니즈는 담배 연기를 몇 모금 내뿜었다.

"너한테 줄게."

그리고 잔느가 놀란 모습으로 자기를 바라보자 말했다.

"무슨 말인지 몰라?"

잔느는 감사의 말을 입속으로 중얼댔다. 이런 드레스들을! 자기에게 주다니!

"애인들과 만나기 위해서 넌 이젠 아름답게 차릴 수 있지." 하고 이어서 말했다. "호텔에 애인이 있지. 그렇지? ……이름이 뭐야?"

"샤르트롱."

"권투 선수! 어머, 너 멋진 남자를 좋아하는구나……. 같이 잤어?"

"아니." 하고 잔느는 당혹해서 대답했다.

"아! ……왜?"

"몰라."

잔느는 옷들을 가지고 자기 방에 틀어박혀서 재빨리 입고 있던 옷은 벗어 버리고 그 드레스들을 하나씩 하나씩 입어 보았다. 세 벌인데 요란한 색깔에 값싼 장신구들이 달려 있었다. 그녀는 거울 앞에서 몸을 이리저리 돌려 보고 자기의 대단한 친구가 취하던 포즈와 몸짓을 흉내도 내 보며, 눈을 깜빡거려 보기도 했다. 이렇게도 아름다운 자신은 여태껏 본 적이 없었다! 그녀는 마음에 안 들지만 늘 입는 옷으로 바꿔 입었다.

드니즈의 말들이 그 여자의 귀에 웽웽거렸다. 샤르트롱과 같이 잔다……. 그녀는 두 눈을 감았다. 시스테리노와는 다른 인간이야! 허나 식민지 부대 병사가 자기에게 대담하게 구는 만큼이나 샤르트롱은 자기에게 이야기할 때 반대로 냉담했다. '그이는 나를 사랑하지 않아.' 하고 그녀는 생각했다. 그의 냉정함에 잔느는 절망했다. 그러나 그녀는 그를 꿈에 보곤 했다. "당신은 아름다워, 잔느……." 하고 꿈속에서 그는 자기를 껴안고 온몸에다 키스를 해 주었다. 그녀는 눈을 떴다. 마음은 뒤숭숭하고 불만스러웠다……

그때 별안간 문이 열렸다.

"작별 인사를 하러 왔어." 하고 드니즈가 외쳤다. 그리고 잔느에게로 몸을 기울였다.

"뭐야, 울어? 눈물을 닦아……. 내가 샤르트롱을 만났단 말이야. 같이 아페리티르를 마셨어. 그리고……."

잔느는 마음을 조이며, 드니즈를 바라보았다.

"그 사람이 오늘 저녁 8시에 방에서 기다린다고 했어. 어때?"

잔느는 뛰어가서 자기 친구의 목을 열렬히 안았다. 얼굴은 불같이 달아오르고 입술은 즐거움에 부들부들 떨렸다. 짓궂은 즐거움이 드니즈의 얼굴에 생기를 주었다.

"봐, 가스통이 날 기다려!"

잔느는 가슴을 펄떡이며 침대 위에 쓰러졌다. 주인아주머니의 충고와 드니즈의 말들이 그녀의 머릿속에서 서로 싸우고 있었다. 그러나 그녀는 레몽드, 페르낭드, 그리고 그 외에 즐기며 사는 호텔 안의 많은 여자들을 생각했던 것이다. 이제는 '굵은 배추 둥지' 취급받는 것도 진력이 났다. 그녀의 육체적 욕망이 잠에서 깬 것이다. 그리고 샤르트롱은 시스테리노같이 난폭한 자도 아니고……

제법 늦저녁이 된 듯했다. 그녀는 작업복을 벗었다. 새 드레스들을 바라보다가 주저하며 자기를 매혹시키는 반짝거리는 진주가 달린 푸른 드레스를 골라잡았다. 그러고는 분을 바르고 드니즈가 하는 것을 본 대로 자기 입술 위에 립스틱을 짓눌러 발랐다. 놀라움과 우쭐댐이 뒤섞인 심정으로 거울 속에 비친 자신의

모습을 한동안 바라보았다. 그러고는 눈을 감고 중얼댔다. "그이
가 나를 꼭 사랑해야 될 텐데."

복도에서 그녀의 자신감은 사라져 버렸다. 샤르트롱의 방을
조심스럽게 두드렸다.

"잔느, 당신이오?"

그녀는 정신이 멍했다. 그가 문을 열었다.

"나는 드니즈에게 속아 넘어간 줄 알았어."

그리고 그는 곁눈으로 잔느를 보며 말했다.

"당신, 멋진 옷을 입었군."

이 찬사는 그녀의 자신감을 회복해 주었다. 잔느는 앉았다.
샤르트롱은 벽에다 핀으로 사진들을 꽂아 놓았다. 그녀는 그런
사실을 알고 있었다. 그러나 짐짓 놀란 체했다.

"저 사진들 당신 것이에요?" 하고 그녀는 물었다.

그는 그 사진 하나하나에 대해 말 마디마다 뚜렷이 힘을 주
는 목소리로 설명을 해 주었다.

"그것은 프티비케에게 이긴 다음에 찍은 것이오…… 4회전에
녹아웃시켰지."

그는 잔느의 뒤에 섰다.

"이것은 내가 아직 페더급 선수였을 때의 사진이오. 이 사진
은 두 개 있는데…… 당신 갖고 싶소?"

그녀는 대답하지 않았다. 그녀는 눈을 아래로 깔고 숨을 할
딱였다. 샤르트롱은 몸을 굽혔다. 두 사람의 입술이 서로 맞닿
았다.

불행하게도 그들의 사랑은 길게 계속되지 못했다. 지방으로

계약이 돼서 샤르트롱은 떠나고 만 것이다. 잔느와 작별하기 전에 그는 호텔에 사는 젊은 전기 기사인 자기 친구 쿠로를 그녀에게 소개해 주었다. 쿠로는 르쿠브뢰르의 허락을 맡고 무선 라디오를 만들고서 자기 방에다 '수신기' 장치를 해 놓았다. 그래서 그가 창문을 열어 놓으면 매일 저녁 숙박한 손님들이 콘서트를 들을 수가 있었던 것이다. 샤르트롱이 떠나 버리자 잔느는 매일 저녁을 쿠로의 방에서 보냈다.

모든 사람들은 자기 직업에 따라 나름대로의 묘한 말투를 갖고 있었다. 권투선수는 '스윙'이니 '어퍼컷'이니 하는 말을 끊임없이 했다. 쿠로는 전기에 대한 말들을 했다. 그는 확성기 소리를 콧소리로 흉내 내면서 마치 광대처럼 묘한 몸짓을 하며 눈을 데굴데굴 굴리곤 했다.

잔느는 예전에 전축을 갖고 있는 집에서 일을 한 적이 있었다. "한데 라디오도 비슷한 것이죠?" 하고 그녀는 물었다.

"라디오와는 비교가 되지 않죠."

쿠로는 잘라서 대답했다.

"당신이 음악을 좋아하면 라디오 하나는 있어야겠군요."

잔느는 쿠로의 말에 감탄하여 열심히 귀를 기울였다. 그래서 그녀는 저축의 전부인 150프랑을 그에게 주었다. 그는 그녀에게만 특별히 '귀여운 라디오'를 만들어 주겠다고 약속을 했다. 어느 날 저녁 둘은 서로 달려들어 껴안고 말았다.

얼마 안 가서 라디오는 둘이 만나는 구실에 지나지 않게 되었다. 일을 마친 다음 쿠로가 잔느를 복도에서 만나면, 그녀에게 속삭이는 것이었다. "내 방으로 와요. 당신 라디오를 만들 테니까." 그녀는 그의 뒤를 따라갔다. 쿠로는 테이블 위에 에보나이트, 코일 선, 니크롬 선 등 도구들을 놓아두었는데 그 모든 것은 자기가 약속한 대로 라디오를 만드는 듯한 시늉을 내느라고 늘 어놓은 것이었다. 5분 후 그는 전선을 던지고 '수신기'에 스위치를 넣었다. 숙박인들이 콘서트를 들을 수 있도록 하기 위해서였다. 그리고 그는 잔느를 침대 위에 밀어 눕히는 것이었다.

이런 식으로는 라디오 만드는 일이 진전될 수가 없었다. "내 라디오는?" 하고 잔느는 때때로 묻곤 했다. 그녀는 약간 억울해하며, 그 150프랑으로 살 수 있었을 여러 가지 것을 생각했던 것이다. 그러나 어느 날 저녁이 되자, 쿠로는 전기 일에 이제 "진력이 난다."라고 했다! 그가 빗 장식과 콜로뉴 향수를 그녀에게 주고는 하도 재미있고 다정스럽게 구는 바람에 그녀는 그의 태만을 용서해 주고 말았다. 게다가 그들은 곧 결혼할 것이고……

이 비밀을 간직하기에는 너무나 힘에 겨웠다. 그래서 잔느는 으쓱대는 즐거움을 지니고 주인아주머니에게 고백하고 말았다.

"모든 남자들은 다 그런다는 약속을 하지." 하고 루이즈는 말했다.

"그래요……. 하지만 저의 경우는 진지한 약속이에요." 하고 잔느는 기분이 상해서 대답했다.

그녀는 주인아주머니가 의심이 많고 아마도 질투가 심한 여자라고 생각했다. 그녀는 거드름을 피웠다. 손님들은 그녀를 둘러싸고 아름다움에 대하여 칭찬을 해 주었다. 재빠른 친구들은 키스까지 했던 것이다……

어느 날 아침 쿠로의 방을 청소하면서 그의 저고리 주머니에서 여자 편지를 하나 발견했다. 지난 주일에 그녀의 애인은 '수신기를 고치러' 간다는 이유로 며칠 저녁을 계속해서 나갔던 것이다.

그녀는 편지를 꾸겨 잡고 울었다. 모든 사람들이 다 그녀를 속인 것이다. 샤르트롱도, 쿠로도, 그리고 그녀의 행복을 예언해 준 카드 여점쟁이도…….

32

"아드리앵, 자기 방에 있어요?" 하고 훌륭한 몸차림을 한 청년이 르쿠브뢰르에게 물었다.

"아드리앵?"

"5호실에 새로 든 손님이에요." 하고 루이즈는 남편에게 알려주면서 청년에게 "2층으로 올라가세요. 문에 명함이 붙어 있습니다." 하고 말했다.

그녀는 머리를 숙이고 짜고 있던 남편 스웨터의 코를 다시 잡는다. 르쿠브뢰르는 졸고 있고 손님 몇몇은 카드놀이를 하고 있다. 토요일 저녁치고는 가게가 퍽 조용했다. "예전 같지 않아, 장사가." 하고 루이즈는 한숨을 쉰다. 거리에서 집요하게 떠도는 소문은 그녀를 근심스럽게 한다. 실업자들이 그들이 사는 구역의 가옥 집단을 수용하고 들어설 것이라는 소문이었다.

별안간 계단에서 발소리가 들려온다. 문이 열린다. 아드리앵이 자기 방문객을 데리고 들어온다. 그러고는 두 사람은 카운터에 팔꿈치를 괴는 것이다.

아드리앵은 손뼉을 치고 "주인!" 하고는 그의 친구를 본다.

"무엇을 마시겠어?"

"퀴라사오 한 잔."

"나도 단 것을 들겠어. 아니제트를 주십시오, 주인!"

뜨개질을 하면서 루이즈는 숙박인의 모습을 바라본다. 그는 몸에 딱 들어맞는 윗도리를 입었고 다림질로 바지 주름이 똑바로 잡혀 있다. 훌륭한 천으로 만든 와이셔츠와 소맷부리다. 펠트 모자를 쓰고 가벼운 무도화를 신고 있다.

아드리앵은 자기 잔을 엄지손가락과 집게손가락으로 잡고 새끼손가락은 공중으로 추켜올리고서 아니제트를 홀짝홀짝 마신다. 그는 거울에 비치는 자기 모습을 곁눈으로 보고 카드놀이를 하는 사람들을 흘깃 훔쳐본다. 그의 연녹색 눈은 툭 튀어나왔고 눈썹은 금빛이다. 그의 시선은 눈꺼풀을 떨구는 루이즈의 시선과 마주친다.

그는 명주 손수건을 꺼내서 입술을 살짝 눌러 훔친다. 그리고 웃음을 띠는 것이다.

"늦지 않아, 자크?"

그의 친구는 자기의 손목시계를 보고서는 머리를 젓는다.

"극장에 가십니까?" 하고 르쿠브뢰르는 물었다.

"무도회에 갑니다." 하고 아드리앵이 대답한다. 그는 자기 넥타이의 매듭을 다시 한 번 단단히 하고, 마지막으로 거울에다 얼굴을 비춰 본 다음 "갈까, 자크?" 하고 말했다.

루이즈는 두 사람의 모습을 문께까지 쫓으며 보았다. 그녀는 이 고장에는 안 어울리는 그 숙박인의 거동을 생각했다. 자신도 알 수 없는 불쾌감이 느껴졌다. "향수를 몸에 뿌렸어." 하고 그녀는 중얼댔다. 르쿠브뢰르는 또다시 의자 위에 주저앉았다. 손님들은 여전히 카드놀이를 하고 있다. 루이즈는 생각에 잠겨서 다시 뜨개질을 시작하는 것이다.

일요일치고는 너무 일찍이 아드리앵 씨가 일어났다. 늑골 모양의 장식 단추가 붙은 옅은 보라색 잠옷을 입고, 그는 가게에서 아침을 든다. 루이즈와 그 사람 단둘이다.

"그래, 그 무도회에서 재미있게 노셨어요?" 하고 여자는 묻는다.

"굉장히." 하고 아드리앵은 짧게 대답한다.

그는 크루아상을 찔끔찔끔 먹으면서 별안간 말한다.

"근데 말이에요, 아주머니. 어제 저녁에 카드놀이를 하던 젊은 사람들 말이에요……."

"그 두 사람, 지하철에서 근무를 하죠. 아주 점잖은 사람들이죠."

"그러리라고 생각하고 있어요……. 그 사람들과 자주 복도에서 만나는데, 그중 키 큰 사람이 나에게 인사를 합디다."

그는 일어나서 자기 잠옷 위에 떨어진 빵 부스러기들을 턴다.

"그건 그렇고 오늘 오후에 손님이 오는데, 내 방을 깨끗이 했으면 해요."

"그러면 잔느가……."

"아뇨, 잔느는 곤란합니다. 너무 어수선하게 합니다."

루이즈는 그에게 들통과 표백제와 빗자루를 주고 웃으면서 말했다.

"예쁜 여자 친구를 맞이할 준비를 어서 가 하세요!"

그가 사라지자 루이즈는 '괴팍한 사람이야!' 하고 생각하는 것이다. 하지만 그녀는 만족스러웠다! 모든 숙박 손님들이 그 사람과 같이 깨끗하면 좋으련만!

아드리앵 씨는 애를 쓰며 청소를 한다. 루이즈는 여러 번 그가 샘으로 물을 길러 가는 것을 본다. 그는 깨끗한 시트 한 벌을 그녀에게 청하러 왔다. 점심때 그는 옷을 잘 갈아입고 면도를 깨끗이 하고, 향수를 뿌리고 내려온다. 그는 호기심을 품게 했던 숙박인인 가스통과 쥘리앵에게 아페리티프를 낸다. 그는 그들과 쉬 사귀고, 세 사람은 같이 어울려서 레스토랑으로 가는 것이다.

아드리앵 씨는 2시쯤 돼서 자기 방으로 돌아온다. 얼마 후에 꽃다발을 가진 젊은 사람이 5호실로 올라가겠다고 양해를 얻으러 왔다.

'그 사람 생일인 모양임에 틀림없어.' 하고 루이즈는 생각한다.

아드리앵 씨는 과자점에서 근무한다. 7시경에는 호텔로 돌아와서 열쇠를 갖고는 급히 자기 방으로 올라간다. 그리고 그는 모습이 아주 달라져서 내려오는 것이다. 주인아주머니가 곁눈질해 보니 허리통이 좁아 몸 굴곡에는 딱 들어맞는 웃도리를 입었다. 그는 아페리티프를 마시고 난 다음 쇼프데씅즈로 저녁을 먹으러 간다.

화요일과 금요일에 아드리앵은 한 친구의 방문을 받는다. 때때로 그 친구는 지하철 막차를 놓쳐서 르쿠브뢰르는 함께 자도록 허락해 주곤 했다. 루이즈가 그 숙박인을 칭찬만 했기 때문이다. 진실되고, 진중하고, 교양이 있는 사람이라고 말이다. 페리캉이나 루이 영감 같은 모든 노총각들처럼 그도 여자들에 대한 혐오감을 갖고 있는 모양이었다. 그는 레몽드나 페르낭드의 존재가 자기 곁에 있는 것을 견디어 내지 못했다. 잔느의 교태에 귀찮아하며, 자기 방에 그녀가 들어오는 것도 금지하고 일요일에는 자기 자신이 철저히 청소를 하는 것이다. 하지만 루이즈만은 그를 도와준다. 그녀는 아드리앵 씨의 취미를 칭찬해 준다. "그 사람 방은 정말 아담해요."

그녀는 전에 자기 방에서 쓰던 수놓은 침대 덮개와 쿠션 두 개, 그리고 장미색 커튼을 빌려주었다. 그 커튼의 색깔은 아드리앵이 자기 방의 벽을 바른 벽지 색깔과 잘 어울렸다. 제 돈으로 그는 선반을 하나 매달고서, 그 위에 책들과 신문 그리고 팸플릿들을 쌓아 놓았다. '프루프루', '라퀼로트 루주', '라비 파리지엔'이니 하는 것들이다. 조화가 꽂힌 화병으로 장식된 나이트 테이블 위에는 '무공십자훈장'을 핀으로 꽂아 놓고, 자기 '첫 세례' 때의 사진과 부모 사진, 그리고 사인을 받은 친구의 사진들을 붙여 놓았다. 거기에는 지하철 종업원의 옷을 입은 가스통과 쥘리앵, 군인, 그리고 푸줏간 일꾼의 사진이 굽어보는 데에 민간인 옷을 입은 두 젊은이의 사진이 놓여 있다. 그리고 패션 판화와 '세계 각처의 나체' 우편 카드 한 세트로 장식을 보완하였다.

얼마 전부터 아드리앵 씨는 다른 이들과 떨어져서 혼자 어떤 고정관념에 빠져 있는 모양이었다.

"무슨 걱정거리라도 있어요?" 하고 루이즈는 어느 날 아침 그에게 물었다.

그는 피로한 눈초리로 그 여자를 치켜다봤다.

"여봐요, 무슨 일이 있어요?"

"대단한 일은 없어요." 하고 그는 한숨을 쉰다. "참회 화요일에 매직시티에서 가장무도회가 있어요. 그래서 기묘한 가장을 하고 싶은데요……. 아마 집시 차림을 하게 될 텐데, 그러려면 챙이 넓은 스페인 모자와 어깨걸이, 그리고 붉은 옷이 필요하거든요."

"나한테 예전에 입던 단이 달린 스커트가 있는데요." 루이즈가 제안을 했다.

"보여주세요." 하고 아드리앵이 외친다. 그리고 별안간 좋은 생각이 난 듯이 말했다.

"수놓은 테이블 덮개를 어깨걸이로 쓸 수 있을 거야!"

그들은 곧 일에 착수했다. 시간이 촉박한 것이다. 루이즈는 스커트를 짧게 해서, 염색 집으로 가지고 갔다. 아드리앵은 '볼레로' 모양의 조그만 웃저고리를 헌옷 집으로 찾으러 간다. 그는 속옷에도 마음을 썼다. 왜냐하면 머리에서 발끝까지 여자같이 입기를 바랐기 때문이다. 그는 슈미즈, 속치마, 생사 양말 등을 샀다. 그는 장딴지와 팔의 털을 깎는다. 적당히 챙이 넓은 펠트 모자가 발견되지 않았다. 그래서 그는 체념하고 밤색 가발을 하나 빌려 그 위에다 종이로 만든 꽃을 두 개만 꽂기로 했다.

무도회 날 저녁에 그는 루이즈 앞에서 마지막으로 분장을 해 보였다. 그녀는 젖가슴을 더 불룩하게 하고, 가발에는 붉은 양귀비꽃을 꽂으라고 일러 준다. 그녀는 아드리앵의 교태를 보고 재미있어 한다. '젊을 땐 미친 짓들을 곧잘 해……' 하고 그녀는 관대하게 생각하는 것이다.

아드리앵은 거울 앞에 버티고 섰다가 뒷걸음을 치고는, 높은 구두의 뒤축으로 빙글 돌았다. 얼굴에는 흰 분을 발랐고, 눈은 아몬드처럼 가늘고 길게 그렸다. 그는 교태를 부리며 의미심장한 눈초리로 루이즈를 흘끗 본다.

"카르멘 같구려!" 하고 그녀는 외쳤다.

가스통과 쥘리앵이 숨을 헐떡이며 들어왔다.

"택시를 저 밑에 대기시켜 놨어."

아드리앵은 마지막으로 자기의 변장한 모습에다 눈길을 던졌다.

"준비는 됐어." 하며 그는 드레스의 주름을 잡아 올렸다.

루이즈는 그들이 나가는 것을 바라보았다.

"누구예요?" 하고 그녀의 뒤를 따라 층계를 내려오던 쿠로가 물었다.

"아드리앵 씨예요."

쿠로는 비웃으며 속으로 무엇인지 중얼댔다. 루이즈는 "그는 매직시티의 무도회에 가는 거예요." 하고 설명을 해 주었다.

33

샤르돈로 부인은 일자리를 찾았다.

"우리 집에 가정부로 들어와서 일하겠어요?" 하고 루이즈가 묻는다.

또 가정부가 없는 처지가 됐던 것이다. 잔느는 임신을 해서, 얼마 전에 호텔을 떠났다. 그래서 루이즈는 이젠 '젊은 애들'에게는 흥미가 없었다. 모두가 너무 놀아나는 바람둥이뿐이었기 때문이다.

이 자리는 샤르돈로 아줌마가 오래전부터 탐을 내던 일자리다.

"실은 자세히 알지는 못하지만, 이 호텔의 일은 고되다고 하던데요." 느릿느릿한 목소리로 그 여자는 대답한다.

"하여간에 영감한테 말을 해 봐야겠어요."

"언제 대답을 해 주겠어요?"

"저…… 점심 후에요."

2시쯤 되자, 샤르돈로 부부가 가게로 들어왔다.

"그래, 어떻게 하겠어요?" 하고 루이즈는 묻는다.

샤르동로 아줌마는 자기 남편을 팔꿈치로 밀었다.

"말해요, 폴리트."

"집사람은요." 하고 이폴리트는 말했다. "급료가 적다고 합니다……! 쥔아주머니, 제 말 좀 들어 보세요. 우리가 식구가 넷이나 됩니다. 요즈음 그리 식구가 많은 가정에서……."

샤르동로 아줌마는 눈꺼풀을 아래로 깔고 배 위에다 팔짱을 끼고서 머리를 부드럽게 끄덕이고 있었다. 논의가 길어졌다.

"그럼 50프랑을 올리고 가벼운 식사를 제공하지요." 르쿠브뢰르가 잘라 말했다.

"됐어요? ……좋아요, 이리 와 커피 한 잔 드세요!"

샤르동로 아줌마는 7시쯤에 '일을 하러' 내려온다. 그녀는 붉은 포도주잔 앞에 자리를 잡고, 라투슈네 마차꾼들의 잡담을 들으면서 빵을 먹는다. 마차꾼들의 몸에서 나는 비료가 묻은 짚 냄새는 그녀에게 고향을 생각나게 한다.

"저런, 당신 잠을 자고 있어?" 하고 루이즈는 외친다.

그녀는 도구를 주워 들고 사라져 버린다. 계단에서 울려오는 그녀의 나막신 소리에 잠에서 깬 게으른 숙박인들은 "이크, 펀치 마나님이군!" 하는 것이다. 그녀는 열쇠 다발을 흔들면서, 방문을 하나씩 하나씩 열고 아무렇게나 일을 해치운다. 그녀는 방을 쓸면서 느림보들을 '꾸짖어 댄다.' 큰 가위같이 벌린 기다란 양팔로 침대 요를 말아 올린다. 화장실은 많은 물을 한 번 쏵 뿌려 씻어 버리고 마는 것이다. 그러고는 끝이다.

"골이 빠지도록 일할 건 없어." 하고 중얼거리며, 마주치는 모든 의자마다 앉는 것이다.

숙박인들이 나가 버리자마자 그녀는 제 집에 있는 듯이 느껴져 제 마음대로 방을 뒤져 보았다. 청소 도구를 세워 놓고, 계단 소리에 귀를 기울이며, 젊은 사람들의 방에 오래 지체하는 것이다. 편지를 읽고 옷장과 나이트 테이블 서랍을 열고서 병들이니 트럼프, 때 묻은 빗들이니 담배 냄새에 찌든 여러 가지 기념품들이니 약과 짓눌려 죽은 빈대 같은 것들을 그 속에서 발견하는 것이다. 거기에서 그녀는 여자들의 방, 아름다운 레몽드니 페르낭드의 방으로 가는 것이었다. "에이그, 갈보들!" 하고 그 여자들의 옷을 바라보며 중얼댔다. 기름이 찐득이는 서랍 속에는 립스틱, 향수병, 빠진 머리카락들, 바셀린, 탈지면…… "그 외 여러 가지 것들……" 하고 그녀는 코웃음쳤다. 여기저기 같은 물건들이 있었고, 핀셋으로나 집을 수 있는 더러운 하의들이 있었다. 그녀는 숙박인들의 비밀을 자세히 알고 있었다. 단지 열쇠를 갖고 다니는 아드리앵 씨의 비밀만은 모른다. 허나 결국에 가서는 아드리앵 씨가 무슨 술책을 부리고 있는가도 알아내고 말 것이다. 그리고 그때에 가서는…….

모두들 그 여자를 못마땅하게 여겼다. 손님들은 잔느가 없는 것을 아쉽게 생각했다. 그들은 펀치 마나님의 시골뜨기 몸가짐이라든지, 술을 먹고 취한 날의 걸음걸이를 흉내 내었다. 그러면 그녀는 나막신 소리를 요란히 내면서 일을 함으로써, 그것에 복수를 하는 것이다. 그러자니 팁이 적어졌다. 그러나 상관없다. 방청소를 하면서 자신이 미리 팁을 빼내기 때문이다. 그래서 숙박인이 그녀에게 잔소리를 하면, 그녀는 즉시 주인아주머니를 보러 내려왔다.

"사람을 업신여겨요." 하고 그녀는 떠들어 대는 것이다.

"이 집의 젊은애들은 썩어 빠진 패거리들이에요. 제가 말예요, 르쿠브뢰르 부인, 제가 이 집 주인이라면 그런 자들은 모두 내쫓고 말겠어요!"

하지만 저녁때 샤르돈로 아줌마는 남편에게 다음과 같이 말하는 것이다.

"이 호텔은 하느님이 내려주신 집이에요! 그걸 이용 안 한다면 오히려 옳지 못한 짓을 하는 게 되죠. 폴리트!"

아침 10시였다. 루이즈는 잔일들을 하고 있었다. 르쿠브뢰르와 수문지기 쥘로는 동부역의 확장에 대해서 이야기하고 있었다. 별안간 털이 난 얼굴에 인상을 찌푸린 남자가 가게로 들어왔다.

"커피 한 잔 주쇼." 하고 그는 주문을 했다.

그러고는 카운터에 팔꿈치를 괴고, 쥘로의 쓸데없는 다변을 듣고 있었다. 그 수문지기가 나가자마자 그는 르쿠브뢰르에게 살짝 손짓을 했다.

"형사인데요." 하며 그는 손끝으로 자기의 중산모자를 만지면서 말했다.

"아……!" 하고 르쿠브뢰르는 그를 맞이했다.

루이즈는 귀를 곤추세우고 있다가 큰 소리로 물었다.

"무슨 일이에요?"

"쉬!" 하며 형사는 말리고 나서 말했다. "이 집에 아드리앵인가 하는 사람이 있죠?"

"네."

"무슨 아드리앵이에요? 경찰에 내는 숙박 대장 좀 봅시다."

루이즈는 숙박부를 펼치고 몇 페이지를 젖혔다. 형사는 주머니에서 수첩을 꺼내 그것을 적었다.

"그 사람의 방을 좀 보여 주세요." 하고 그는 냉담하게 명령했다.

루이즈는 질겁을 한 눈초리를 자기 남편에게 던졌다. 그도 걸레를 손가락 사이에 구겨쥐었다. 그녀는 마스터키를 집으면서 부들부들 떨었다. 그들은 2층으로 올라갔다. 루이즈는 5호실의 문을 열었다.

형사는 냄새를 맡았다.

"묘한 냄새가 나지 않소?"

"향을 피웁니다……. 라투슈네 마구간 냄새 때문이에요."

그는 루이즈를 차가운 시선으로 바라보았다.

"이 숙박인의 행동에서 무슨 이상한 점을 발견하지 못하셨소?"

"아뇨. 그 사람은 착실한 청년이에요. 그리고 저, 그이에게는 정부 같은 여자는 하나도 없었으니까요……."

"찾아오는 손님이 많습디까?"

"네…… 친구들이요."

"그가 손님을 맞이했을 때 소란을 피우지 않습디까?"

루이즈는 주저했다.

"아뇨." 하고 루이즈는 부자연스럽게 대답했다. (격한 논쟁을 하고 난 끝에 아드리앵은 지하철 종업원 친구들과 사이가 틀어졌기 때문이었다.)

"그는 어디선가 일을 하고 있습디까?"

"그럼요, 그것도 좋은 일자리……."

"아! 아!" 하고 형사는 놀란 듯이 말했다.

그는 자기의 수첩을 덮었다.

"이 이야기는 한마디도 밖으로 내지 마시오. 알겠소?" 하고 그는 돌아가면서 말했다.

루이즈는 걱정스러운 모습으로 아래로 내려왔다. 그들이 호텔을 경영한 이래 여태껏 한 번도 경찰의 방문을 받은 적이 없었다. 루이즈는 르쿠브뢰르에게 일어났던 일을 알려 주고 앉았다. 지난 주일에, 루이즈는 익명의 편지를 하나 받았던 것이다. 거기에는 "당신 남편이 숙박한 여자 손님과 성관계를 맺고 있다."라는 내용이 적혀 있었다.

루이즈는 눈살을 찌푸리고 "우리를 난처하게 하려는 자가 있어." 하고 중얼댔다. "조심을 해야만 되겠어요."

34

매달 첫째 목요일 11시쯤 되면 루이즈는 선언하듯 말했다. "이제 곧 드보르제 영감이 올 거예요. 오늘이 그의 외출 날이니까요."

노인은 피로한 모습으로 가게로 들어왔다. 그는 색이 바래고 거친, 헌 군복 같은 푸른 제복을 입고 있었다. 때에 빤짝이는 모자를 쓰고 징을 박은 군화를 신고 있었다.

바두르는 짖어 대면서 그에게 덤벼들었다.

"이라 와, 노노!" 하고 루이즈는 외쳤다······.

"당신을 알아봐요. 드보르제 영감님."

그녀는 그에게 손을 내밀었다.

"그래, 어떠세요?"

드보르제 영감은 지팡이에 의지해서 조심스러운 동작으로 의자에 앉았다. 그는 와이셔츠 옷깃의 단추를 끄르고 숨을 쉬면서, 주머니에서 바둑무늬의 수건을 꺼내 가지고는 이마의 땀을 훔치며, 되풀이해서 말했다.

"어지간한 거리야, 어이구, 어지간한 거리야!"

루이즈는 예전처럼 조그만 병에 든 보르도 적포도주를 따라주었다. 그리고 술잔 앞에서 그가 꿈속에 멍하니 잠겨 있도록 놔두는 것이다.

그는 때때로 한 모금씩 포도주를 마셨다. 몸이 오그라들고, 두 팔을 내려뜨린 채 그는 카운터 뒤에 줄지어 세워 놓은 여러 가지 색깔의 병들을 바라보았다. "또 새로운 아페리티프가 나왔군." 하고 그는 혼자 중얼댔다. 가게는 손님들로 가득 차 있었다. 몇몇 젊은 사람들이 농담을 하고 있었다. 다아고, 케넬, 말타베른, 미마르, 그 모든 카드놀이 친구들은 호텔을 떠나고 만 것이다. 지난달 우연히 그는 감시인으로 영전된 쥘로를 오래간만에 만났다. 아실은 죽었고 이발사인 라미용은······.

거기까지 생각이 이르렀을 때, 루이즈가 그를 꿈속에서 끌어내었다.

"식탁으로 오세요!"

그녀는 좋은 음식을 마련해 놓고 있었다. 드보르제 영감은 난로 가까이 바두르 옆에 자리를 잡고 앉았다. 그리고 냅킨을 목에 매고, 메마른 양손을 식탁 위에 얹어 놓고서는 주인이 고기를 써는 것을 바라보았다. 루이즈는 그에게 접시를 건네주었다. 그는 접시에 음식을 덜고 빵을 작은 조각으로 뜯었다. 그러고는 천천히 먹기 시작했다.

그러나 곧 그는 '깨지락거리며' 먹기 시작했다.

"한잔 드시오." 하고 르쿠브뢰르가 권했다.

루이즈가 끼어들며 말했다.

"서둘러 대지 말아요. 여보! 시간은 충분해요. 안 그래요, 드보르제 영감님?"

그는 흐린 눈동자를 루이즈 쪽에 치켜뜨고 음식을 한입 가득 물고 떠듬떠듬 말했다.

"낭테르에선 이렇게 먹질 못해요……."

"샐러드를 더 드세요."

"거기서는." 하고 그는 계속해서 말했다. "병사들보다도 더욱 나쁘게 먹여요. 술도 술이 아니죠. 담배도 그렇고, 아무것도 아니에요……." 하고 그는 한숨을 쉬었다. "아! 드보르제 영감, 당신은 양로원에서 마지막 날들을 보내게 될 것이오 하고 누가 지난날 나에게 말이라도 해 주었더라면……. 그러나 다행히도 이렇게 외출하는 날이 있으니……."

식사가 끝나자 르쿠브뢰르는 그에게 '고급 브랜디' 한 잔과 담배를 권했다. 그는 난로 가까이 남아서 루이즈와 지껄여 대며 식탁 위를 치우는 가정부를 바라보고 마음먹고 질문을 하는 것이었다.

"그 가정부는 이제 없습니까?"

루이즈는 고개를 끄덕였다.

"르네만 못하죠. 그렇지 않아요? 참 좋은 처녀였어요, 르네 르베스크. 그 가정부는 내가 있었을 때 있던 처녀지."

르쿠브뢰르는 담배를 또 하나 그에게 주었다. 그러자 노인은 원기를 다시 찾고 양로원의 이야기를 자세히 해 주는 것이었다. 별안간 그는 벽시계에다 눈을 던졌다. 그러고는 서투른 몸짓으로, 자기 지팡이와 모자를 잡는 것이었다.

"늦게 들어가면 안 돼요, 그리 되면…… 외출은 그만이니까요!"

그는 여러 달 동안 오지 않았다. 봄날의 어느 하루였다. 루이즈는 그가 가게로 들어오는 것을 보고 말했다.

　"아이고……! 돌아가신 줄 알았어요."

　드보르제 영감은 눈을 감았다.

　"또 병이 났었어요."

　그는 발을 질질 끌면서 몇 발짝 걸었다. 옷은 그의 몸 위에 나불거렸고 얼굴색은 핏기 없이 흐릿했다.

　루이즈는 그가 앉는 것을 부축해 주었다.

　"그러면 우리에게 편지를 보내셔야죠!"

　"편지를 쓴다고요……. 우표가 있어야죠!"

　"원기를 내게 할 점심을 해 드리죠."

　루이즈가 그에게 신문을 내주며 말했다.

　"그동안 《르프티 파리지앵》이나 읽으세요."

　그러나 노인은 이제는 안경도 가지고 있지 않았다. 그는 머리를 어깨 위로 숙이고 입을 반쯤 벌린 채로 타일 바닥을 바라보고 있었다. 얼마 안 가서 눈을 깜빡거렸다. 그는 졸기 시작했다.

　루이즈는 그를 깨워서 식탁에 자릴 잡게 했다. 그녀는 고기를 그에게 썰어 주어야 했다. "힘을 내서 좀 드세요." 하고 그녀는 여러 번 권했다.

　노인은 접시 위에 얼굴을 숙인 채 앉아 있을 뿐이었다. 그는 예전의 자기 방을 다시 보여 달라고 말했다.

　"이젠 알아보시지 못하실 거예요!"

　"괜찮아요…… 괜찮아요." 하고 그는 중얼거렸다.

　커피를 마시고 난 다음 그를 일으켜 주었다. 주인의 팔에 부축을 받고 그는 간신히 3층으로 올라갔다. 르쿠브뢰르는 27호실의 문을 그에게 열어 주고 그의 귓전에 큰 소리로 말해 주었다.

"자, 당신 방에 왔어요!"

드보르제 영감은 걱정스러운 눈초리로 주인을 바라보았다.

"이젠 알아볼 수가 없는데……. 침대는 저기 있었고, 여기에는 접는 테이블이 있었지……. 실용적이었어." 그는 벽을 만져 봤다. "이젠 벽지가 없나요?"

"없어요. 에나멜 칠을 한 겁니다. 빈대들 때문에 그랬죠." 하고 르쿠브뢰르는 대답했다. 그는 노인의 어깨를 부드럽게 두드리며 말했다. "자, 이리 오세요……." 그들은 내려갔다.

"간단한 음식을 마련했어요, 드보르제 영감님." 하고 루이즈는 노인의 주머니 속에 꾸러미 하나를 넣어 주었다. 그러고는 10프랑의 돈을 그의 손에 쥐어 주고, 옷깃이 벌어진 그의 저고리를 고쳐 주었다.

"안녕히 가세요! 잊지 말고 또 오세요."

35

그날 아침, 태양이 짓누르듯 운하를 비추고 있었다. 르쿠브뢰르는 발을 내리고, 의자를 집어서 문턱에다 놓고 담배에 불을 붙이고 의자 위에 걸터앉았다.

감시 초소 가까이서 네 남자가 북호텔 쪽을 바라보고 있었다. '경찰 나부랭이들인가.' 하고 그는 생각했다. 그들은 활기있게 말을 하고들 있었다. 잠시 후에 그들은 길을 건너와서 라투슈네 마당 앞에서 멈추었다. 그러자 그들 중 한 사람이 도면을 펼치는 것이었다.

르쿠브뢰르는 귀를 곤두세웠다. 퍼뜩 한 생각이 머릿속을 지나갔다. 토지가 수용되는 일이었다! 그는 그것에 대해 되풀이하여 뇌까리는 소리를 너무 들은 결과, 소문을 믿지 않고 의심하고 있는 터였다. 한데…… 동부 철도의 선로가 운하까지 연장된 이래로, 그의 집 인근에 건물이 많이 늘었던 것이다. '모던 피혁'이라는 회사가 제마프 둑의 이쪽 부분 지주들과 이미 교섭을 시작했던 것이다…….

두 사람은 측량 쇠줄로 비샤 거리와 호텔 간의 거리를 측량하고 있었다. 그리고 그들은 르쿠브뢰르 곁에 와서 멈추어 섰다. 그러자 그는 일어섰다.

"실례합니다." 하고 그는 주저주저하는 목소리로 말했다. "저는 이 북호텔 주인인데요…… 이 터가 수용될 거라는 것이 사실입니까?"

그중 한 사람이 호텔 정면을 바라보며 입을 삐죽 내밀고 중얼댔다.

"적합한 때가 되면 알려 주겠죠."

르쿠브뢰르는 화가 나서 말했다.

"당신들은 내가 그냥 내쫓길 줄 아십니까? 난 이해관계가 있어요……."

그와 이야기하던 이들은 대답도 않고 등을 돌렸다. 그러자 그는 급히 안으로 들어갔다.

"루이즈! 루이즈!" 하고 그는 외쳤다.

그의 아내가 달려왔다.

"무슨 일이 났어요? 이렇게 서둘러 대니!"

"수용될 모양이야. 지금 막 건축 기사들과 한바탕 싸웠어."

그는 떠듬거리며, 루이즈를 바깥으로 끌고 갔다.

"저자들을 봐. 응, 맘대로는 안 될걸!"

그는 창백했다. 조를 이룬 그들이 선개교를 건너서 사라졌을 때에나 그는 가게로 들어왔다…….

그 후 한 달이 지났다. 르쿠브뢰르는 그 위험한 조짐을 거의 잊어버리고 있었다. 어느 날 갑작스레 지주가 찾아왔다. 그리고 토지가 수용되고, 자기의 땅은 '모던 피혁'에 팔아 버렸다고 정식으로 그에게 알려 주었다.

르쿠브뢰르는 비웃으며 말했다.

"당신들 좋을 대로 하시구려. 하지만 나는 말예요, 나가질 않겠어요! 내 임대계약⋯⋯."

"잠깐 내 말 좀 들어 보시오." 하고 주인이 말을 가로챘다. "당신네 임대계약은 곧 기한이 차죠. 그렇죠⋯⋯?" 그리고 그는 침착한 어조로, 서툴지 않게 행동함으로써 이번 일로 얻게 될 모든 이익을 르쿠브뢰르에게 설명해 주었다.

"이런 빌어먹을!" 하고 그는 드디어 큰소리를 내고 말았다. "그럼, 연금 받고 살게 돼도 별 게 아니란 말이오?"

"우리도 그렇게 될 차례군요." 하고 루이즈는 중얼댔다.

르쿠브뢰르는 처남과 옛 친구들에게 상담을 했다. 그는 현재 생활의 타성에서 벗어나지 못했다. 그는 호텔을 사기 위해서 대담하게 군 만큼이나 이번에는 제마프 둑을 떠난다는 생각만으로도 퍽 불안해했다. "에밀, 그것은 모두 정이 든 때문이야!" 하고 사람들은 말해 줬다. 그는 자기와 같은 처지에 놓인 뚱뚱한 라투슈를 찾아가 보았다. "나는 그들이 하자는 대로죠." 하고 마차꾼집 주인은 말했다. "좋은 값을 치르면 이야기할 게 없어요. 나는 돈만 받으면 시골로 돌아가고 모든 사람에게 안녕을 고할 작정이오!"

르쿠브뢰르는 서로 대치되는 의견 속에서 동요를 하다가 드디어는 응낙을 하고 말았다. 무거운 짐을 내린 것이다! 그러나 귀찮은 일이 끝난 것은 아니었다.

"내 나이에 지금 어디로 간단 말이오?" 하고 페리캉은 불평했다. 마치 난로 곁에 있는 개를 성가시게 굴 때 그 개가 발끈 화를 내듯이 골을 내었던 것이다. 루이 영감은 "당신들은 투기꾼들이오." 하고 외쳐 대는 것이었다.

루이즈는 그들을 진정시키고 그랑즈오벨 거리의 '봉쿠앵' 호텔에다 방 두 개를 물색해 주었다.

플뤼슈만은 해약 통고를 즐겁게 받아들였다.

"잘됐어요." 하고 그는 말했다. "이사를 하려던 참이었어요……. 몽루주에 있는 술집을 관리하기로 했어요. 거기서 자릴 잡고 노후를 보내야겠어요."

어느 일요일, 그는 가구와 부엌 도구들을 손수레에 가득 싣고, 르쿠브뢰르네에게 작별을 하고 수레의 양쪽 채에 몸을 붙이고서 유쾌하게 떠나 버렸다.

젊은 사람들은 어느 호텔에 들어가도 상관이 없었다. 그들은 하나씩 하나씩 무심하게 가방을 손에 들고 떠나갔다. 살림살이하는 부부들은 혼잡스럽게 뒤죽박죽이 된 세간에 주체를 못 하고 요령 있게 정리하는 일이 한층 더 힘들었다.

"그렇게 서둘러서 떠날 것은 없어요. 집은 아직도 튼튼하니까요." 하고 루이즈는 그들에게 말했다.

그녀는 우울한 기분으로 이 집단 이주를 바라보았다. 그리고 아무 목적도 없이 목이 말라서 복도를, 방들을 배회했던 것이다. 방들 속에 있는 모든 물건들은 지난날 자신의 노력을 생각나게 했다. 그 모든 것이 벌써 먼지로 덮여 있었다. 바람에 삐걱이는 문소리에 그녀는 소스라쳐 놀랐다. 그러자 외로움이 그녀를 불안에 몰아넣었다. 그래서 루이즈는 남편을 만나 보려고 아래층으로 내려갔다.

르쿠브뢰르는 테이블에 앉아서 앞에 회계장부를 놓고 계산에 골몰하고 있었다. 자기 아내가 들어서는 것을 보자 펜을 놓고 안경을 벗고서는 골백번 한 이야기를 또 하는 것이었다. "돈방석에 앉는 것은 아니지만, 그저 조용히 살 수는 있을 거요." 그러고는 자랑스럽게 덧붙였다. "조금 전에 담요 열두 장을 유대인에게 헐값으로 팔아 버렸어."

가구들을 팔아 정리하기 위해 그는 신문에 광고를 냈다. 그렇게 해서 하찮은 것과 리넨 제품들은 낮은 값에 팔았다. 그러나 굵직한 물건들, 말하자면 의자라든지 테이블이라든지 장롱 같은 것은 사는 사람이 없었다……. 결국 그는 고물상에게 넘겨 주고 말았던 것이다. 40호실의 '침실 중앙' 침대, 14호실, 21호실, 25호실의 '미국산 소나무'로 만든 가구들, 구리 공이 달린 침대들, 전체가 '떡갈나무'인 테이블들, 그리고 그가 자랑으로 여기던 카운터, 루이즈의 카운터, 그런 것들은 '벼룩시장'으로 실려 갔던 것이다.

북호텔은 집을 허무는 사람에게로 넘겨졌다. 인부들은 전선, 납관들을 끌어내고 문들과 창들을 뜯어내고 한 조각 한 조각씩 분해해 헐어 버렸다. 그리고 라투슈네 뜰에다 산같이 자재들을 쌓아 놓았다.

루이즈는 그들이 일하는 것을 보러 바깥으로 나갔다. 그리고 한숨짓는 것이었다.

"여봐요, 주인아주머니." 하고 한 인부가 말했다. "체념하고 받아들이세요. 당신 호텔은 아주 낡았어요."

"아! 나도 잘 알아요." 하고 그녀는 대답했다.

그녀는 가게로 들어갔다. 거기 역시도 모든 것이 난잡스러웠다. 이사를 맡은 인부들은 궤짝에 못을 박고, 가구들을 비우고 있었다. 에밀은 뷔트쇼몽 가까이에 살 곳을 빌려 놨다. 그들은 매일 저녁 그곳에 가서 잠을 자고 있었다. 그녀는 자기 소지품을 그곳에 갖고 갔으나, 새집에 가구를 들여놓는 세심한 일은 감당하기 힘들었다. 그래서 새 집에서의 일을 돌보는 것은 남편이 했다…….

어느 날 아침 청부업자가 이젠 거기에 있으면 안 된다고 그녀에게 일러 주었다. 인부들이 돌벽을 부수기 시작한다는 것이었다. 그녀는 온순하게 길을 건너가서 호텔이 보이는 감시 초소의 벤치 위에 앉았다.

호텔은 회반죽 벽토와 낡은 골조로 건축되어 있었다. 인부들은 샹송을 부르며, 곡괭이와 철추들로 장비를 하고 굉장한 소리를 내며 떨어져 내리는 벽면들을 헐어 냈다. 벽토 부스러기는 안뜰에 떨어져서 라투슈가 버리고 간 두 대의 짐마차 위에 마치 눈처럼 덮였다.

계단과 복도들은 침침한 아가리를 벌리고 있었다. "28호실을 하고 있군. ……이번엔 27호실." 하고 루이즈는 중얼댔다. "자, 이젠 페리캉의 방이다." 그녀는 자기가 선택해서 바른 벽지 색깔로 각각의 방들을 자세히 알아볼 수 있었다. 호텔은 마치 벌집처럼 좁은 방으로 나뉘어 있었다는 것을 알게 되었다. 그녀는 이런 곳에 예순 명이나 되는 사람이 살았다는 점에 놀랐다. 그녀는 가까운 몇 해 동안의 노력이 없어져 버리는 것을 보고 있었다. 그녀의 과거가 조각조각 사라져 버렸다. 숙박인의 이름들이 떠올랐다. 그들 하나하나에 덧붙여진 추억이 되살아오는 것이었다. "내가 미쳤나 봐." 하고 그녀는 중얼거렸다. 그리고 땀에 젖은 이마를 손으로 문질렀다.

나흘째 되는 날 청부업자는 아직 서 있는 벽에다 밧줄을 걸어 매게 했다. "하나, 둘……." 인부들이 밧줄에 매달려서 힘을 다해 잡아당겼다.

갑자기 2층 벽이 단번에 무너져 내렸다. 루이즈는 소리를 지르고 앞으로 급히 내달렸다. 구름 같은 흰 먼지에 앞이 보이지 않았다. 그녀는 돌에 걸려 비틀거렸다. 폐허 속에서 자기 방 자리를 알아내려고 애썼으나 헛일이었다.

"전쟁터에 한 번도 가 보지 않으셨소?" 하고 청부업자는 그녀에게 말했다. "저리 가시오. 아주머니, 일을 마쳐야 하지 않겠소."

청부업자는 마치 불청객에게나 그러듯이 그녀를 내쫓았다. 그녀는 대답도 없이 그곳을 떠났다.

루이즈는 새로 든 셋집에 익숙해지고자 노력하지 않으면 안 되었다. 방들은 작고, 약간 침침했다. 그녀는 마지못해 거기에 자리를 잡고 있었던 것이다. "생각에 잠겨 있지 말고 바깥에라도 나가요." 하고 르쿠브뢰르는 권했다. 그는 연금 생활을 하는 사람이 되었다. 운하로 자주 낚시질을 하러 가서는 제마프 강둑의 새 소식들을 듣고 오는 것이었다.

"같이 가 보지, 루이즈."

어느 날 오후에 그는 제안을 했다. "우리가 떠난 이후 거기서 무슨 일들을 하고 있는지를 보게 될 테니까."

그녀는 겨울 햇빛이 약하게 비쳐 드는 들창을 바라보고 있었다. "그럽시다." 그러고는 숄로 어깨를 덮고서, 그녀는 남편의 뒤를 따랐다.

"'모던 피혁'은 어마어마한 사무실들을 건축하고 있어……."

하고 르쿠브뢰르는 말문을 열었다.

"듣기 싫어요, 그자들 이야기는."

그들은 그랑즈오벨 거리 모퉁이에 닿았다. 르쿠브뢰르는 자기 아내를 운하 쪽으로 끌고 가서 잎이 진 나무들이 쓸쓸히 서 있는 작은 공원으로 들어갔다. 수문에서는 확장 공사를 하고 있었다. 주변 땅이 질척했다. 트럭들이 진창 속에 빠져 있었다. 운전수들은 욕지거리를 하면서 자리에서 내려왔다.

"나 거기 안 있겠어요." 하고 루이즈는 말했다.

그들은 좀 더 멀리 뚝 떨어진 데 가서 벤치 위에 앉았다. 그들 앞에 '모던 피혁' 공사장이 펼쳐져 있었다. 철근 골조의 뒤얽힘, 벽돌 더미, 작게 자른 돌들, 건축용 석재들이 있었다. 기중기 두 대가 이 건축 재료들 위로 촉수(觸手)를 던져 그 물건들을 물어서는 하늘에서 균형을 잡고 쇳소리를 내면서 일터에 내려놓는 것이었다.

루이즈는 잠잠히 있었다. '마치 북호텔이 존재치 않았던 것 같군.' 하고 그녀는 생각했다. '아무것도 남아 있지 않아…… 사진 한 장조차.' 그녀는 눈꺼풀을 아래로 내렸다. 창들이 뚫린 4층 회색 건물, 자기 옛집을 애써 다시 생각해 내려고 했다. 그리고 더 먼, 그녀가 알지 못하는 때 호텔이 단지 뱃사공들의 여인숙이었던 모습까지도…….

르쿠브뢰르는 아내에게 몸을 굽히고서 말했다.

"저것에 대해 어떻게 생각해?"

그는 팔을 내밀고 벌써 4층 높이까지 세워진 '모던 피혁'의 뼈대 철근을 가리키는 것이었다.

1927~1928

작품 해설

외젠 다비의 문학과 『북호텔』

작가 외젠 다비는 1898년 메르레벵이라는 고장에서 태어났으나, 붕대 장수인 아버지와 부채 장수인 어머니와 함께 파리에서 살았다. 철 공예 견습을 끝낸 다음, 큰 회사에 기계공으로 취직을 했다. 1919년에 포병으로 입대를 하고, 그곳에서 책을 읽고 글을 쓰는 취미를 갖게 되었다.

1927년에 앙드레 지드를 만난 것에 이어 1928년에 로제 마르탱 뒤 가르를 만났고 그 후 『북호텔』을 집필하였다. 『북호텔』은 1929년에 출판되어 '포퓔리스트(Le Prix du Roman Populiste) 상'을 탔으며 마르셀 카르네가 영화화하여 우리나라에도 소개된 바 있다.

그는 문학 선배로서 앙드레 지드 및 로제 마르탱 뒤 가르와 긴밀한 관계를 가졌으나, 그의 문학 계열을 더듬어 본다면 샤를르 루이 필립 계통에 속한다고 평자들은 말한다. 많은 문학작품이 생산된 시기인 1930년에서 1936년까지, 극좌적인 지식인들의 모임에 참석을 했으며 그곳에서 게노, 말로, 바르뷔스 등과 다시 만났다. 그는 또한 혁신적인 작가 및 예술가 연합회에 가입하였다. 이어 1936년 6월에 지드와 함께 소련으로 시찰 여행을 갔다. 그 여행 후 지드는 소련 체제의 허점과 문제점을 꿰뚫어 본 저 유명한 『소련기행』을 썼다.

그러나 일반적으로 그는 포퓰리스트 작가라고 평가된다. 포퓰리스트란 포퓰리즘(populisme)을 신봉하는 문학 유파로서 1930년에 르모니에(L. Lemonnier)와 테리브(A. Thérive)가 제창했다.

그 유파가 주장하는 문학 이론을 요약하자면, 평민, 서민(Les petites gens)의 풍습을 묘사하자는 것으로서, 당시 세계를 휩쓸던 문학 양식(말하자면 심리 분석, 복잡한 의식의 고백)에 대항하여 자연주의 전통을 이어받자는 것이었다. 물론 자연주의의 도식적인 이론과 구시대적인 양식은 지양하는 계승이었다.

이 소설은 파리의 제마프 둑길에 있는 값싼 호텔을 르쿠브뢰르라는 나이 먹은 부부가 새로 사서 경영을 하기 시작하는 것으로부터, 그 호텔의 터가 어느 큰 기업에 팔려 헐려 버리기에 이르는 이야기를 엮은 작품이다.

그 부부가 호텔을 여러 해 동안 경영하는 사이에, 그곳에 드나들고 숙박하는 사람들의 생활을 그려 낸 것이 이 소설의 골자라고 할 수 있다.

호텔의 손님들이란 대장장이, 인쇄공, 마차꾼, 방직공장과 모자 공장의 여직공들, 석수장이, 지하철 종업원, 놈팡이에게 아내를 뺏긴 경찰관, 폐병 환자, 수문지기, 오입쟁이, 인정 못 받는 배우…… 그리고 애인에게 걸어 차이고 생긴 아이를 유모에게 맡겼으나 그 아이마저 죽어 버린 가정부, 양로원에서 여생을 슬프게 보내게 된 사고무친 늙은이, 청춘을 실컷 즐기는 젊은 계집들 등 다 열거할 수 없을 만큼 무수한 인물들이 주인공으로 등장한다. 그 한 사람 한 사람의 묘사가 단독적으로 훌륭한 토막토막의 개별적인 이야기가 되는 한편, 그것이 작품 전체의 통일을 이루는 데 조금도 장애를 주지 않는다.

그러나 여기에 주의하여 둘 것은 그들이 모두 파리 변두리에 사는 서민들이고, 또 그들의 생활이 모두 어렵다 할지라도 작자가 결코 거기에 감상적인 허구나 정치적인 선동을 기도하지 않았다는 점이다.

그들의 신산하지만 정감 있는 생활을 오직 담담히 묘사함으로써 독자의 마음에 와 닿게 하는 한편 독자로 하여금 그들 작중인물들의 기쁨이나 슬픔 같은 것을 함께 나누고 싶은 마음을 갖게 한다.

거기에서 우리는 작가 다비의 서민에 대한 끊임없는 이해와 애정을 엿볼 수 있는 것이다.

그리고 가난한 도회인의 생활 모습을 미화하지도, 또한 꾸미지도 않고 있는 그대로 그려 냄으로써 그들에게 어떠한 변화가 생겨야겠다는 것을 통감케 하여 주는 점이다. 그리고 우리가 지나칠 수 없는 것은, 한 호텔을 주제로 전개된 이 소설이 한 시대 변화를 복잡한 수사 없이 볼 수 있게 해 주었다는 사실이다.

다비의 작품은 이 소설 외에도 『녹색 지대(La Zone Verte)』 외

여럿 있으며, 그레코와 벨라스케스 같은 화가에 대한 미술 평론이 있다. 또한 자신이 그림도 그렸으며《N. R. F. 누벨 르뷔 프랑세즈(신 프랑스 평론)》지면을 통해 적지 않게 활약했다고 한다.

그러나 1936년 6월에, 앞에 언급한 바 있듯이, 지드와 소련 시찰 여행에 동행하였다가 8월 21일에 성홍열에 걸려 약의 효과도 보지 못하고 세바스토폴리 병원에서 세상을 떠났다.

2009년 봄

원윤수

작가 연보

1898년   9월 21일 메르레벵에서 출생.

1901년   초등학교를 졸업하자 곧 공장에 기계공으로 취직.

1916년   군에 소집되어 병사로 종군.

1918년   2월 제대.

1923년   다비의 부모는 제마프 강변 12번지에 있는 값싼 호텔
          을 사서 '북호텔'이라는 이름을 붙이고 경영.

1926년   반자전적인 소설 『어린 루이(Petit Louis)』를 집필하기
          시작.

1927년   앙드레 지드의 소개로 로제 마르탱 뒤 가르 등의 문
          인들과 알게 됨.

1929년   『북호텔(L'Hôtel du Nord)』 출판. 포퓰리스트 상 수상.

1930년   『어린 루이』 출간.

1931년   앙드레 지드를 본받아 일기를 쓰기 시작. 『빌라 오아
          지스(Villa Oasis)』를 완성. 갈리마르 출판사 사장 가

스통 갈리마르에게 보냄.

1932년 프랑수아 모리아크의 소설을 읽고 많은 감명을 받음. 『빌라 오아지스』의 인세를 받아 남프랑스를 거쳐 스페인으로 여행. 2월, 파리에 돌아옴. '가난한 노인들의 구제회'의 설립에 친구들과 협력.

1933년 『파리 변두리(Faubourg de Paris)』를 단행본으로 출간. 작품집 『섬(L'Ile)』을 단행본으로 출판할 생각을 가짐.

1934년 『막 죽은 사나이(Un mort tout neuf)』 출간. 『섬』 출간. 6월, 또다시 스페인으로 가서 명소를 여행. 10월, 파리로 돌아옴.

1935년 3월, 런던으로 출발. 6월, 『푸른 지대(Zone Verte)』를 거의 완성. 6월 하순, 다시 스페인으로 여행. 10월 하순, 파리로 돌아옴.

1936년 2월 하순, 독일 경유 중부 유럽으로 여행. 프라하, 부다페스트, 빈 그리고 취리히를 거쳐 3월 하순에 파리로 돌아옴. 6월 22일, 앙드레 지드 등의 문인들과 같이 소비에트 여행을 떠남. 8월, 피로와 소화불량으로 발열, 성홍열에 걸려 21일 세바스토폴리에서 절명.

세계문학전집 **202**

북호텔

1판 1쇄 펴냄 2009년 3월 6일
1판 14쇄 펴냄 2023년 10월 11일

지은이 외젠 다비
옮긴이 원윤수
발행인 박근섭, 박상준
펴낸곳 (주)민음사

출판등록 1966. 5. 19. (제 16-490호)
서울특별시 강남구 도산대로1길 62(신사동) 강남출판문화센터 5층 (우편번호 06027)
대표전화 02-515-2000 팩시밀리 02-515-2007
www.minumsa.com

ISBN 978-89-374-6202-3 04800
ISBN 978-89-374-6000-5 (세트)

* 잘못 만들어진 책은 구입처에서 교환해 드립니다.

세계문학전집 목록

세계문학전집은 계속 간행됩니다.